リチャード・レヴィンソン
&ウィリアム・リンク／著
浅倉久志 他／訳

●●

レヴィンソン&リンク劇場

皮肉な終幕

The Collected Stories of
Richard Levinson & William Link

扶桑社ミステリー
1582

目次

レヴィンソン&リンク劇場

皮肉な終幕

口笛吹いて働こう
Whistle While You Work
川副智子／訳

ブラインドのおろされた窓の縁に太陽が襲いかかっていた。リーバー・シェリーは身支度を終えた。ナイトテーブルに置かれた目覚まし時計の細い針は七時二十分を指していた。妻は小ぶりのダブルベッドでまだ眠っていた。

古くなったズボンの穿《は》き変えも終わったところで、背後から寝ぼけ声がした。「もう起きたの？」妻がもごもごと言った。彼女はキルトの上掛けがつくる繭《まゆ》のなかから彼を見ていた。「起きる時間が毎朝、早くなってるような気がするんだけど」

「もう一度寝ろよ」妻がベッドにいてくれるように願いながら、シェリーは簡易キッチンへ向かった。「朝食は自分でつくるから大丈夫だ、メルバ」と妻に声をかけた。

狭苦しい寝室からの答えはなし。彼はパーコレーターでコーヒーを淹《い》れる準備をして、縁の欠けたボウルにシリアルを振り入れた。ブラインドを上げ、暑さを溜めこんだ小さな町に目を凝らした。舗道からは早くも熱波が立ちのぼっているのに、町を取り巻く山々は涼しげで、はるか彼方の景色のように見えた。窓敷居の温度計の水銀線はすでに三十度に達している。

シェリーは独り言をつぶやきながら、コーヒーをカップについだ。瘦《や》せこけた自分の顔がパーコレーターに映っていた。クロームめっきに変形させられたその顔はひび割れが目立ち、日焼けした褐色の皮膚は目の下で引きつっていた。くすんだ灰色になった髪は櫛を入れておらず、ぼさぼさのままだった。

妻がベッドにいてくれさえすればいいのだが。今朝だけでも、寝室から現われた彼女に朝のひとときを台無しにされることなく出かけることができれば。

「今日も暑くなりそうね、リーバー」戸口に妻が立っていた。ずんぐりした体にガウンの紐をきつく巻きつけて。擦りきれたカーペットを踏む彼女の足音が彼には聞こえていなかった。

「ああ。こんなかんかん照りの日の郵便配達ほどつらいものはないよ」

「嫌気が差してるってことね、今の仕事に」

彼は妻を見なかったが、自分の顔が火照《ほて》っているのはわかった。「頼むよ、メルバ。頼むから、その話を蒸し返さないでくれ」

「わたしはなにも蒸し返すつもりなんかないわよ」彼女はまえにまわりこんで彼の顔

をぎろりと見た。

　メルバの丸い顔はうつろで特徴がなかった。「だったら、きちんと話しましょうよ。今ここで。一生この町で郵便配達員を続けるのかどうか。その鞄を毎日――毎朝毎朝――しょって歩いて、なにを得たっていうの？　自分を見なさいよ。五十四歳でも見た目は六十過ぎじゃないの」

「そんなことはどうしようもないだろ」彼は守勢にまわった。「おれは一生懸命働いてるんだ」

「いいから聞いて！　あなたには人に見せられるものがある？　ほかの人は立派な家や車を持ってるのに、わたしたちにはなにもなくて、いまだにこんなところに住んでる。だけど、あなたは気にもしない。そうよ、気にもしないの！　毎朝起きては、荷物をしょって道を歩くだけ。動物みたいに。それがあなたたって人。動物を一匹雇ったって同じ仕事をしたでしょうよ」

　彼はなだめるように片手を挙げたが、妻の辛辣《しんらつ》な言葉の流れをせき止められなかった。

「しかも、その仕事はあなたを変えることまでした。昔は愉しそうだったわ。よく口笛を吹いて。いつも口笛を吹いてるから、気分がいいんだとわかった。でも、もう口笛なんか吹かないものね」

彼は妻の言葉を耳に入れないようにして、配達鞄の茶色い革の吊り紐を肩に掛けた。彼女が片手で肩につかみかかっても、身をくねらせてその手をよけ、ドアを開け、石段をゆっくりと降りた。暑い朝の空気のなかに妻の声が荒々しく割りこんだ。

「いってらっしゃい！」彼女はドアの向こうから叫んだ。「まったく代わり映えのしない一日をまた始めるといいわ！　動物みたいに――いってらっしゃい！」

＊

歩く……歩く……歩く……まえに伸びる道は着々と急な下り坂となり、最後は何軒かの商店が埃っぽい灰色の山のように集まって町の中心を成していた、頭上の太陽が山並みにかかる靄《もや》を一掃していて、彼の影は目の詰まった大地にくっきりと刻みつけられた。熱と乾きのなかを歩く。ひたすら歩く。

郵便局が前方にぬっと現われた。店の連なりの一番めが、こぎれいでこぢんまりとした赤煉瓦《れんが》のその建物だった。シェリーはなかにはいり、ルー・ロルフに朝の挨拶《あいさつ》をした。この元気のない長身の男が町のもうひとりの郵便配達員だ。消印窓口のうしろにはポップ・アヴェリーが座り、彼のまえにふたりが配達する郵便物の山が積み上がっていた。「今日も暑いな」とアヴェリーは言った。

配達員ふたりは手早く郵便物の仕分けをしてから、それぞれの鞄に郵便物を移し、アヴェリーに声をかけて外に出た。

シェリーはロルフが町の反対側へ向かって出発するのを見送ってから、自分の鞄を背負った。茶色の配達鞄が重たいおもりのように背中にのしかかった。郵便局と、軒を連ねる店五軒の向こうに道が伸びている。歩きはじめたとたん、舞い上がる砂埃が彼の喉を詰まらせた。彼は激しく咳きこみ、涙のにじむ目を荒れた手の甲でぬぐった。歩く。

最初に足を止めたのはタッシュマンの食料雑貨店。塵や埃で汚れた窓を通して、ゆったりとした白い仕事着姿のタッシュマンが野菜や果物用の秤《はかり》のまえでかがみこんでいるのが目にはいった。手足のひょろ長い息子がいないため、同じ店でもどこかちがって見えた。店主の息子は今、朝鮮半島にいる。シェリーはタッシュマン宛ての三通のなかに息子からの手紙はないかと確かめたが、外国の消印が押された手紙はなく、彼はドアの隙間にその三通を滑りこませて、また歩きだした。

つぎはオルセンの理髪店。オルセンは朝早くから来る客のひげ剃りをしているところだった。ヘアトニックの瓶がつくるピラミッドの上方で扇風機が優しくまわっていた。店のなかは涼しいのだろうとシェリーは思った。二、三分立ち寄って店主と雑談しながら扇風機の横に立つこともできる。だが、やめておこう、時間の無駄だと彼は考えた。それが習慣になってしまうかもしれないから、手紙をドアの隙間に入れて先へ進むほうがいいと。

残りの三軒も同様の機械的な手順で通過した。店のなかを覗き、そこにいる人たちについて少し思いをめぐらし、郵便物をドアの隙間に滑りこませ、また歩いた。背中の鞄が重みを増したように感じたので、位置をずらした。彼のルートでは商店のあとは民家が続く。未舗装の道を進むうちに首筋に汗が噴き出し、シャツに汗染みをつくった。その道を、その未舗装の道を、歩く。目をつぶってでも歩ける道を、歩く。

暑さとメルバ以外のことを考えよう。なんでもいい、そのふたつ以外のなにかについて。そうだ、手紙。すべて自分が届けた何万何千という数の手紙。終わることのない封書の鎖。端から端までの長さはたぶん何マイルにもなるだろう。愛と哀しみと誕生と死を綴った手紙。〝あなたがここにいてくれたら〟〝あと二週間で帰る〟。それに電報。〝ご子息が戦死されました〟。どれもがここコロラド州クーパーへ届けられたものだ。この暑い、空気の乾燥した小さな（人口二七六の）町へ。保安官一名、保安官代理二名、消防隊員四名、郵便配達員二名の町へ。手紙。手紙と郵便受け。各住戸の外には、ステンシルで名前が刷り出された金属の缶があり、その郵便受けに、集荷用郵便物の有無を示す赤い金属の旗が付いている。太陽の熱に焼かれたような赤い旗が。そこへ郵便配達員がやってくる郵便受けに集荷用郵便があるというしるし。赤い旗が立てられている。さもなければ、倒されている。どの家も同じく、赤い旗が立てられているか倒されているか、どちらかなのだ。暑い。メルバ。歩け。

彼は最初の家のまえで足を止めて鞄をおろすと、つかのま休んだ。その家は縮こまったような小さな家で、家が土台の上で気怠《けだる》そうに休んでいるようにも見えた。二軒めの洗練されたデザインのモダンな家は、塗装をしたばかりらしく、きらきら光る窓ガラスが水族館のようだった。一軒一軒なにもかもちがうのに、ひとつだけ共通点があった。どの家にも金属製の郵便受けがあり、赤い旗が立てられているか。倒されているかした。暑い。メルバ。歩け。

そんなふうにしてその朝は進み、彼はいくつもの急な上り坂をてくてくと歩いた。遊んでいる子どもたちのそばを、井戸端会議をしている主婦や知人のそばを通り過ぎた。曲がりくねったいつものルートを上へ上へとのぼっていった。目指す最後の銀色の箱は空のどこかにあるとでもいうように。彼の旅は続き、太陽も彼とともに進んだ。

ようやく、残るは一軒となった。そのことに不意に気づいた彼は体の向きを変え、丘の斜面の田園地帯を見おろした。眼下には自分があとにしてきた家々が広がり、まぶしい赤い旗が鎖のようにつながって見えた。

最後の一軒。その家は山並みを背にして丘のてっぺんに建っていた。チャールズ・バイウッドの家だ。バイウッドはクーパー一の金持ちで、町の北にある自分の工場へ毎日かよっていた。だが、なにより大事なのは、バイウッドはクリスマスにはかならず郵便配達員に三ドルの心づけをくれるということだった。

シェリーは最後の一通を鞄から取り出し、バイウッド家のカーブしたドライブウェイに歩を進めた。この特別な家に郵便を届けるのは愉しかった。背中の荷物がやっとなくなって、ついに配達ルートが終了するからだろう。ドライブウェイの白い砕石を踏みしめながら、散水機が乾燥した芝生に撒く水の輪を眺めるのが好きだった。

並木の向こうから吹くそよ風が彼の顔を冷やした。それは裕福な人々だけに与えられる風のように思えた。クーパーの町の残りの人々ははるか下の埃にまみれた谷底に囚われているかのように感じられた。

今朝は、家の裏手の板石を敷き詰めたパティオで、ひとり掛けの長いソファに寝そべっているミセス・バイウッドの姿が見えた。彼女のサングラスの銀縁が陽射しを受けてきらりと光った。シェリーが夫人の近くまで行ったとき、風がさっと吹いて彼の手から手紙を奪い、芝生の向こうへ運んだ。手紙は散水機のひとつの下に着地した。シェリーは悪態をつき、すばやくかがみこんで手紙を拾った。運よく裏が濡れただけなのは一見してわかった。封筒はブルーで黒い縁取りがあった。妙に傾いた手書きの文字で宛名が書かれていた。うしろめたさも手伝って、彼は封筒の濡れたところを自分のシャツで拭き取り、郵便受けに落とした。夫人が手紙を取りにくるまでには乾いているだろうと思った。

それから、太陽がテラスのある家々に襲いかかるのを見ながら、丘をくだった。気温は三十二度を優に超えているにちがいない。筋肉が痛み、首が焦げそうだった。丘の麓《ふもと》まで行くと、町が彼に会おうと近づいてきた。配達ルートがついに終わる——つまり、メルバのもとへ帰ることになる。

＊

翌日も同じように暑い日だった。彼の妻は前日の朝と同じように彼を口汚く罵った。すべてが前日と同じに思われた。ところが、微妙な変化があった。郵便局のなかにはいったシェリーは、その場を包む異様な熱気に気がついた。ポップ・アヴェリーの「今日も暑いな」という毎朝の挨拶はなかった。年嵩《としかさ》の紳士は町民の一団に取り囲まれて得意げだった。シェリーはもうひとりの郵便配達員のほうを向いた。

「ニュースを聞いたか、リーバー？」ロルフは返事を待たなかった。「ミセス・バイウッドがゆうべ殺されたんだよ！」

シェリーは驚いたとかショックを受けたとかいうよりも、頭が混乱した。コロラド州クーパーでは殺人事件など起こらない。クーパーは殺人事件の舞台ではない。この町は小さすぎるし、暑すぎるし――そう、殺人事件など起こらない。彼の記憶にある唯一の暴力といえば、子どもたちが何人かでタッシュマンの店の正面の窓に煉瓦を投げこんだ四年まえの事件だった。だが、殺人なんて、断じてありえない！

シェリーは郵便が詰めこまれた鞄を手に取ると、配達に出発した。埃っぽい道は人影のないふだんとは様子がちがって、会話に飢えた人たちがそこここに小さな塊をつくっていた。理髪店には客があふれ、パン屋もお喋りな女性客でいっぱいだった。シェリーは配達ルートを進みながら、耳に飛びこんでくる人々の言葉の断片をつなぎ合わせて事件の全貌を知った。ミセス・バイウッドは主要な幹線道路からほど遠からぬ人目につかない場所におびき出され、そこで、シルクのスカーフを使って絞殺された。それがすべてだった。彼女がなぜそんな人気《ひとけ》のない場所へ行ったのかはだれも知らず、殺人を目撃した人間もいない。小柄な郵便配達員は自分が前日の午後に彼女を見たことに動揺していた。そのときの彼女はあんなに元気だったのに。あんなに日に焼けて健康そうだったのに。その女《ひと》が死んでしまった。

チャールズ・バイウッド宛ての手紙が数通あったので、彼は重い足取りで丘をのぼってバイウッド家へ向かった。芝生の散水機は仕事をしておらず、乾いた風が草の葉を鳴らしていた。家の裏手の板石敷きのパティオには、座る人のいないひとり掛けソファがあった。州北部の新聞社のステッカーをフロントガラスにつけた車の一連隊がドライブウェイに停まっていた。

郵便配達員がカーブしたドライブウェイを歩いていくと、保安官がふたりの男とともに家から出てきて、彼に声をかけた。シェリーは手を振って応じ、郵便受けに手紙を落とすと、丘をくだりはじめた。

＊

五時三十分。もう少しで町の中心に着くというとき、彼はある発見をした。鞄のなかに手紙が一通、まだ残っていたのだ。革の重なった部分に半分隠れて気づかずにいたようだ。黒い縁取りのあるブルーの封筒。妙な癖がある手書き文字。シェリーはその住所を確かめ、モダンな民家の郵便受けに手紙を落として、通り過ぎた。

その夜のメルバは耐えがたかった。夕食のテーブルで妻がシェリーの仕事を愚弄する言葉を並べているあいだ、彼はずっとうつむいていた。ようやく食事がすんで、メルバの非難がましい視線から逃れることができると、嬉しさがこみ上げた。彼は開かれた窓の横にあるお気に入りの肘掛け椅子にゆったりと腰掛け、夕刊を開いた。

八時に呼び鈴が鳴り、メルバは友達三人を手狭な居間に通した。訪問者たちは郵便配達員に対して冷ややかな夜の挨拶を口にしてから、彼の妻に続いてキッチンにはいった。気の抜けない一時間、シェリーが新聞に集中しようと努めているあいだ、四人の女は殺人事件の考察をした。彼女たちの甲高い声は考察が進むにつれて一段と大きくなるように思われ、たちどころに激しい議論となった。

女たちのひとりは殺人犯を〝絞殺魔〟と呼び、その犯人像を熱心に展開した。絞殺魔は愛に飢えた性犯罪者であり、自分の憎しみを無防備な女に向けたというのが彼女の推理だった。メルバはこの意見には賛同せず、犯人はミセス・バイウッドの浮気相手で、一時の怒りにまかせて夫人を殺したのだと言った。議論は白熱し、あふれ出る彼女たちの熱い声がキッチンの生暖かい壁にあたって跳ね返った。その音響はシェリーに頭痛をもたらし、彼は新聞を置いて、家を出た。

外は静かだった。熱く明るい月が山の上に顔を出し、コオロギの規則正しい鳴き声が聞こえていた。空には星も出ていた。郵便配達員は歩きはじめた。彼の足は自然と毎日たどっているルートへ向かった。静かな丘を背に家々が柔らかく輝いていた。乾ききったまばらな草木のなかを風の軽い指が巻き毛のようにくるくると通り抜けた。

前方のモダンな家は夜の闇にぎらついた光を放つ鏡張りの箱のようだった。シェリーは考え深げに木陰に佇《たたず》んで、その家を見つめた。午後、その家に手紙を届けた。奇妙な手紙を。あれとよく似た手紙がもう一通あった。どこで見たのだったか？　ああ、そうだ。彼は思い出した。ミセス・バイウッド宛ての、ちょっと濡らしてしまった手紙だ。しかし、彼の思考はそこで突然途切れた。モダンな家の玄関ドアが開き、家の主である女性が姿が現われたから。彼女は玄関ドアに鍵を掛けると、道の先の深い影のなかへ歩きだした。

シェリーは立ちすくみ、背が高くすらりとした彼女の姿が丘の頂の向こうへ消えるのを見つめていた。その細い道に人影はないのに、もうひとりだれかいるように感じられた。月の熱い輝きの下にだれも見えてはいないのに、すぐそばになにかがいる気配がした。と、その感覚がふっと消えた。まるで、それを引き起こしたなにかが道を進む女性のあとを追いかけていったかのように。

＊

翌日、シェリーは彼女が殺されたことを知った。シルクのスカーフによる絞殺だった。町は今や騒然としていた。一件の殺人なら興味をかき立て、恰好《かっこう》の話題になる。だが、殺人が二件続けば、とほうもない恐怖感を残す。モダンな家の持ち主だった女性――名前はケント――はその日の早朝、近くの牧草地で発見された。彼女は物静かな人で、クーパーでラテン語を教える年配の教師だった。友人は少なかったが、敵と見なされるような人間はひとりもいなかった。そんな彼女が暗い茂みのなかで、シルクの輪縄を首に巻かれ、絞殺死体となって発見されたのだ。

配達ルートを往復するうちに、シェリーの頭に引っかかるものがどんどん大きくなった。それは、自分が見た彼女はおそらく死に向かうところだったという事実ではなく、もっとほかのなにかだった。ただ、なにとは特定できない。頭から離れない事柄がほかにもたくさんありすぎたから――そのほとんどはメルバの毎朝の暴言の結果だった。シェリーは暴言を聞かされることにも、自分自身の存在にもほとほとうんざりしていた。彼はいつものルートをただ歩きつづけた。

しかし、歩きながら考えることも続けた。彼はミセス・バイウッドとミス・ケントのことを考えた。考え事に没頭するあまり、鞄の重みによる背中の痛みを忘れてしまったほどだ。商店の先に連なる家々に目をくれることもなく通り過ぎた。

　両脚はいやというほど歩いたルートを踏みしめて、彼をまえに進めた。この三十年間、毎日そうしてきたように。だが、この朝、銀色の郵便受けのどのひとつもまだ彼によって開けられていなかった。郵便配達員が受け持ちの郵便受けを無視していた。今朝は赤い旗が立てられていようと、倒されていようと関係ない。手紙。手紙こそがこの問題の鍵であることが彼にはわかっていた。彼は唐突に配達鞄を肩からはずすと、鞄の奥の奥を覗きこんだ。一番底にブルーの封筒があった。癖のある手書きの宛名書きと黒い縁取りのブルーの封筒が。そうか。この配達鞄が答えだったのか。

　あの二通の手紙は町で起こった殺人事件となにかしら関係がある。あれは疑似餌《ルアー》だったのだ。手紙に書かれていたなんらかの口実が、殺人の標的である女を自宅からおびき出し、スカーフを持った見知らぬ男と落ち合えるような静かな場所へ導いた。当然、そういうことだったのだ！　犯人はほかになにを書いたにせよ、手紙を持参するようにと被害者に告げたのだろう。そして、女たちを消したように手紙を消し去ったのだろう。

　シェリーは息継ぎをした。そうだ。ブルーの封筒がまたこの鞄のなかにあり、それを自分は届けようとしている。いや、自分は殺人者ではないけれども、死の配達人ではあるわけだ。昔、町の教会の涼しい回廊で勉強した聖書のおぼろげな記憶がよみがえった。たしか死の天使が舞い降りてくるというような話だった。

小柄な郵便配達員は掌《てのひら》で首筋の汗をぬぐった。彼にはもう見当がついていた。この鞄のなかにあるブルーの手紙には殺人者の名前が書かれているはずだ。彼はそれを保安官のところへ持っていくことができた。その賢明な措置によりクーパーでささやかな名声を博することもできるかもしれない。もしかしたら、あの記者連中のなかに記事を書いてくれる記者がいて、州北部の大手新聞の一面で彼の人生が語られたりするかもしれない。いつか夜に窓辺の椅子に座って、新聞に載った自分の記事に残らず目を通すのもいいではないか。考えてもみろ！　今度ばかりは、人から一目置かれる存在になれるのだ。

その手紙を届けたら、受け取った相手は確実に死を迎える。彼、リーバー・シェリーは、殺人者がシルクのスカーフを持った手を伸ばすまえにたどる経路だった。

彼は鞄を手探りしてブルーの封筒を裏返した。宛名がミセス・メルバ・シェリーだとわかった。

郵便配達員は長いこと微動だにせず立ち尽くしていた。それから、クーパーの熱い街路を足早に歩きだした。小柄な体がまぶしい陽射しにくっきりと映えた。我が家に着くと、ほんの一瞬、間合いを取ってから、郵便受けに手紙を落とした。

彼は鞄を持ち上げ、ふたたび配達ルートに戻った。優しく口笛を吹きながら。口笛を吹いて働くのはほんとうに久しぶりだった。

子どもの戯れ
Child's Play

高橋知子／訳

キャンプ・サミットは二時の暑さのなかでまどろんでいた。ヒマラヤスギで組まれた小屋では、年若い少年たちがおのおのの寝台に寝そべり、スクリーンドア越しに芝生やひとけのないテニスコートを眺めていた。松の木の葉を揺らしていたそよ風が、横並びのテントや湖のほうに流れている。午後の勝利を夢見る少年たちは何度も寝返りを打ちながら、休み時間が終わるのを待っていた。

アーノルドが湖に通じる小道から、ゆっくりとした足取りで現われた。カーキ色のショートパンツにTシャツという服装で、ソックスとスニーカーはずぶ濡れだった。太陽が照りつけているにもかかわらず、むっつりとした丸顔は異様なまでに白かった。

アーノルドは十二番の小屋にはいると、ドアのすぐ横の寝台に腰をおろした。奥にいた少年が、読んでいた漫画本からちらりと眼をあげたが、何も言わなかった。べつの少年が寝台から体を乗り出してテニスボールを拾い、アーノルドを見やった。彼は、アーノルドがスニーカーとソックスを脱ぎ捨て、濡れていないローファーに履き替えるのを眺めていた。「ここにアンクル・ジャックがいなくて、ラッキーだったな」とテニスボールを持った少年は言った。「いまはいってきたと知られたら、絶対に怒られていたぞ。休み時間は寝台にいなくちゃいけないんだ」

アーノルドは寝台の脇に置かれたハリクラフターズ社のラジオをつけると、選局つまみをいじり、大きな耳にイヤホンをつけた。

「どこに行ってたんだ、アーノルド？」と少年は訊いた。

アーノルドは再度、選局つまみをいじった。

「聞こえてるんだろ。そのイヤホンはそんなに上等じゃないからな。アーノルド！」

少年はアーノルドめがけてテニスボールを放ったが、ボールは寝台の縁にあたり、転がってとまった。

「黙れ」とアーノルドが言った。

「どこに行ってたんだ？　また探検か？」

アーノルドはイヤホンの位置を調整した。

ボールを投げた少年は仰向けになり、垂木《たるき》のついた天井に視線を向けた。「きみはなんでもかんでも知ってるわけじゃない」と彼は素っ気なく言った。「知らないことだって、山ほどある。七番の寝台のやつは、きみの三倍は物を知ってる。それに、あいつの親父はプリンストンに勤めてる。アーノルド？」少年はアーノルドの寝台を見た。「何を聴いてるんだ？」

　アーノルドは小さな手を丸めて、耳をおおった。

「アーノルド？　何を聴いてるんだよ？」少年はアーノルドを見ていたが、何分かすると興味をうしない、自分のトランクから漫画本を取り出した。ついで寝返りを打ち、壁のほうを向いた。

　アーノルドはラジオのスイッチを切って、イヤホンをはずした。そして、ポケットから鍵を出すと、寝台のたもとにあるトランクを開けた。緑色で真新しく、ラベルがひとつもついていないトランクだった。なかには皺だらけのTシャツと汚れたパンツが無造作に詰め込まれ、底のほうには光沢のある白い石数個と時計、そのしたに便せんの束が納められていた。アーノルドは便せんを一枚取り出すとトランクを閉めて、丁寧に鍵をかけた。ついでポケットからひと握りの鉛筆を出し、先のとがった鉛筆を抜いた。スチール製のトランクを台にして、かっちりと読みやすい文字を書きはじめた。

親愛なる母さんへ

今週、母さんへ手紙を書くのはこれで三度めです（今日はまだ火曜日）。ぼくは家に帰りたい。それはわかってるでしょ。このあいだの手紙（先週の金曜日に受け取ったよ）では、そのことに何もふれてなかった。これまでに出した四通の手紙と二通のはがきに書いたっていうのに。どうしてぼくがここを出たいかわかってるでしょ。父さんがウォルターに言えば、ウォルターが車で迎えに来てくれる。五時間しかかからない（調べたんだ）。払ったお金のほとんどは、きっとホワイトマンさんが返してくれる。返してくれるかどうか、わざわざ手紙を出してホワイトマンさんにきくなんてしないで。そんなのすごく時間のむだだし、話がややこしくなるから。ぼくは家に帰りたい。

（署名）アーノルド

アーノルドが手紙を折りたたんでいると、集合らっぱが鳴った。そのとたん、大きな声や叫び声があがり、芝を踏む足音がした。少年たちが我先にと小屋の外を駆けていた。夏のまばゆさを湛《たた》えた湖を背景に、彼らの白いシャツが輝いていた。らっぱの音が不意にやんだ。聞こえるのは、午後のすばらしい暖かさのなかで少年たちがあげる声だけだった。

　アーノルドは小屋にひとりで残っていた。彼は封筒に宛名を記し、手紙を入れると、それを尻のポケットに押し込んだ。そしてハリクラフターズ社のラジオをつけ、イヤホンを耳にあてがった。視線の先では、水着を着た少年の一群が湖畔のほうへ向かっていた。

「アーノルド」ドア口に男が立っていた。短軀《たんく》で、髪は薄く、人のよさそうな顔は日に焼けている。首にかかる青い紐には笛がぶらさがっていた。「アーノルド。来なさい」

　アーノルドは選局つまみをまわした。

「戸外活動の時間だ」男はそう言うと、小屋のなかにはいり、少年を見下ろした。「さあ、アーノルド」

「行きたい気分じゃない」

「来なくちゃだめだ。いいか、私がミスター・ホワイトマンに報告すれば、どうなるかわかってるだろう。自由時間を減らされるぞ。そんなのはいやだろ？」

「報告なんかしなくていい」

「そうはいかない。まえは見逃してやったが、今回はだめだ。さあ、来なさい。ライフル射撃の実習だ。きみがいないとなると、アンクル・ポールが様子を見にくる。アーノルド?」

少年は薄い肩をすぼめた。

「イヤホンをはずしなさい。私の声が聞こえてないだろう」

「いや、聞こえてます」

男は首に浮いている汗を、シャツの前身頃でぬぐった。鼻は皮がむけていた。男は寝台にいる少年の隣りに坐《すわ》り、べつの方法をこころみた。

「そいつで何を聴いてるんだ?」

「モスクワ放送」

「へえ? なんの話をしてる?」

「あれやこれや」

「というと、たとえば?」

「ぼくたちの国はデフレになるって」

「彼らの言ってることが正しいと思うかい?」

アーノルドは顔をしかめ、なめらかで白い頬をさわった。「いえ。そうならない理由はいっぱいあります。ひとつには——」

男は少年の肩に手を置いた。「アーノルド、いっしょに来てくれないか？　もし来なければ、ミスター・ホワイトマンに報告しなくちゃならない。まじめに言ってるんだ。冗談は抜きだ」

アーノルドはしばし思案すると、イヤホンをはずした。小屋のなかはひっそりと静まり、湖から届く叫声と水しぶきの音が聞こえるだけだった。

「わかりました、アンクル・ジャック」とアーノルドは男に言い、尻ポケットの手紙を指でさわった。「行きます、ミスター・ホワイトマンに告げ口しないなら……」

＊

松林は涼しく、大気は夏の木の葉の匂いがした。キャンプ参加者の一団が、キャンバス地の細長いマットに腹ばいになり、二二口径のライフルをかまえていた。薄暗い林のなかでは、発砲音も空疎でなんら効果はなかった。射撃が終わるたびに、若い指導員がラックに掛けられた白黒の小さな的をはずしに行った。

アーノルドは小さな常緑樹の陰に腰をおろし、二番めのグループとともに、自分の番が来るのを待った。彼はやわらかい地面に木の枝で数字を書いていた。

「オーケイ。残りの者」指導員が赤くて批評家めいた顔をつぎのグループに向け、少年たちがマットに伏臥《ふくが》するのを見つめていた。「それと、無駄口をたたくな。集中しないと、いい成績は得られないぞ」

アーノルドはずっしりとしたライフルを肩にあてた。指導員がアーノルドのすぐそば、少年の脚に黒いモカシンがふれそうな位置に立った。

「さあ、集中だ」

アーノルド以外の少年が射撃を開始した。アーノルドはあくびをして、左眼を閉じると、引き金を引いた。装塡と発砲を六度おこなった。いずれの弾も音を立てて、うっそうとした下生えに消えた。

「何をやってるんだ？」と指導員は怒鳴り、アーノルドのライフルを足でマットに押さえつけた。「どうしたんだ？　銃身を的に向けることすらしてないじゃないか」

アーノルドは何も言わず、頭をひじにあずけた。ほかの少年たちの視線が注がれた。

「撃ち方を教えなかったか？」と指導員は訊いた。「引き金をしぼる。しぼる。息をとめる。そう言わなかったか？」

アーノルドは、蟻がマットの長いうねを越えるのを見つめていた。

「名前はなんという？」指導員は答えを待った。

「そいつの名前はアーノルドです」とほかの少年が言った。

「こいつは自分でしゃべれないのか?」

「しゃべれるかって?」とまたべつの少年が言った。「彼のことは聞いたことがあるでしょう」少年はくすりと笑った。数名の少年が明るい空に向かって石を投げた。

指導員は腰をかがめ、アーノルドの注意を惹こうとした。「なるほど、きみがアーノルドか。きみのことは話に聞いている」

アーノルドは眼を伏せ、口笛を吹くかのように唇をすぼめた。

「ここでは何でもやりたいことをできると思ってるようだな。が、私が相手じゃあそうはいかない。ライフルをかまえろ」

アーノルドは蟻を見つめていた。ほかの少年たちは沈黙していた。

「ライフルをかまえろと言ったんだ」と指導員は言った。

アーノルドは彼を見やり、言った。「ぼくはライフルの使用を終えました」

「ぼくはなんだって?」

「ライフルの使用を終えました」

少年たちから忍び笑いが洩れた。

「この実習から抜けろ」と指導員は言った。「いますぐに。ミスター・ホワイトマンのところに行って、私がきみにいてほしくないと言ったと伝えろ。バレーボールか美術か工芸のグループに替えてもらうよう言うんだ。私にはきみに煩《わずら》わされる気などさらさらない」

アーノルドは立ちあがった。

「私の言うことを聞いてたか？　ミスター・ホワイトマンのところに行って、いまのことを言うんだぞ。ちゃんと言ったかどうか、今夜、彼にたしかめるからな」

アーノルドは背を向けると、空き地を離れた。小道に達したころ、ほかの少年たちが話しはじめる声が聞こえた。ややあって、再度ライフルが音を発し、下生えではばたいていた鳥たちを驚かせた。アーノルドはあごが胸につくほど頭を垂れ、体を揺らしながら、のたりのたりと歩いた。

やがて林を抜けて、輝く輪をなす浜と湖を望む草むす丘に出た。そこにはすでにキャンプ参加者の一団がおり、アーノルドと同じ小屋で寝起きしている少年二名の顔もあった。

「アーノルド！」と参加者のひとりが叫んだ。

小柄な少年が寄ってきた。

「きみはなんでも知ってるんだったよな」と少年は言った。「あそこで何が起きてる？」

アーノルドは眼をやった。きらめく砂地に、自動車が三台と救急車が一台駐《と》まっていた。数名の州警察官が桟橋のほうに向かい、閑散とした浜では、ミスター・ホワイトマンがべつの警察官と話をしていた。

「誰も近づいちゃだめなんだって」と少年は言った。

「全員、小屋に戻れって」と眼鏡をかけた少年が大きな声で言った。「きっと誰かがけがをしたんだよ」

「きみは何か聞いてるか？」と先の少年が尋ねた。

「いや」とアーノルドは言った。彼はその場にたたずみ、黙って浜の様子を見ていたが、しばらくすると、ついと自分の小屋へ向かった。

　小屋にはいると、少年たちが狭苦しいバスルーム内で、シャワーを浴びようと列をつくっていた。アンクル・ジャックの姿は見あたらなかった。アーノルドは自分のトランクを開けると、本を出して読みはじめた。キャンプの参加者たちはシャワーを浴びながら、声高に話をしていた。出入り口から湯気が流れ出ていた。シャワーを終えた者は、体にタオルを巻いた格好で、のんびりと表のポーチへと出て行った。彼らは水をしたたらせたままポーチに立ち、空き地の向こうの湖に眼を凝らしていた。アーノルドは本を読みつづけた。

通常、キャンプの参加者は夕食まえに管理棟の脇に集まり、旗をおろすことになっている。ミスター・ホワイトマンが夜の活動を指示し、必要な知らせを伝えるのが常だった。この夜は一連の儀式が中止となり、少年たちはそれぞれの小屋からまっすぐ食堂へ移動した。アーノルドはすでに着替えをすませ、ほかの者たちのうしろから、砂利道を進んだ。古い建物の階段で、消えゆく陽光を受けてきらめく石に眼をとめた。彼はそれを拾い、ポケットに入れた。

食堂にはいると、アーノルドは郵便物用のテーブルにゆっくりと近づいた。午後遅くに届いた郵便物が、小屋ごとにわけて積まれている。彼は十二番小屋の束に眼を通したが、彼宛ての手紙は一通もなかった。アーノルドは腹立ちまぎれに、ほかの郵便物を床に払い落とし、自分のテーブルへ向かった。先頭にアンクル・ジャックが坐っていた。皮のむけかけた顔に困惑の色が浮かんでいる。昼間着ていたスポーツシャツのままで、わきに黒っぽい汗染みができていた。

「坐りなさい、アーノルド、遅刻だ」とアンクル・ジャックは言った。

アーノルドは席についた。満員で騒々しい部屋を見渡し、ミスター・ホワイトマンのテーブルを一瞥した。キャンプ場のオーナーはテーブルをともにしている三人の男と、声をひそめて話をしていた。アーノルドは自分のグレープフルーツに視線を落とすと、スプーンを突き立てた。

アンクル・ジャックとは反対側の端で物思いにふけっていた少年が、だしぬけに声を張りあげた。「アンクル・ジャック。ボビー・トンプスンに何が起きたのですか？　彼は溺れて死んだんでしょう？」

広い部屋が、一瞬にして静まった。ミスター・ホワイトマンと三人の男が眼をあげた。アンクル・ジャックは眉間に皺を寄せ、会話によるにぎやかさが戻るのを待ってから、いまの問いかけに応じた。「声を抑えなさい、テディ。ちゃんと聞こえるから」

「でも、何があったんですか、アンクル・ジャック？　ボビーは今夜の夕食に来ていないし、彼と同じ小屋の子から聞いたんだけど――」

指導員は彼のことばをさえぎった。「ボビー・トンプスンは事故にあった、いまはこれだけだ。この件については、明日の朝、ミスター・ホワイトマンがきみたちに話す」

「死んじゃったんだ」とべつの少年が、グレープフルーツに砂糖をたっぷりとまぶしながら言った。「休み時間のあと、湖の古い桟橋のしたで見つかったって」

「ほう、そんなことをどこで聞いたんだ？」アンクル・ジャックはあいまいな笑みを浮かべようとした。「ばかげた噂《うわさ》というのは、そうやって広まるもんだ。きみたちの年頃の少年は、このうえなく物騒な作り話を思いつくからね」

「物騒な作り話なんかじゃない」と少年は言い放った。「何も悪いことが起きていないなら、どうして警察が来たんですか？　あいつは死んだんだ、まちがいない」

「きっと殺されたかなんかだよ」べつの少年がためらいがちに言った。

「事故だ」とアンクル・ジャックが言った。「ちょっとした事故だ。事故があれば、警官は必ず来る。このことについては、もう聞きたくない」

「ボビーは九番の小屋だったよな？」と誰かがアーノルドに小声で言った。「アンクル・ポールがその小屋の責任者だ。きっとあいつの仕業だよ。とにかく、アンクル・ポールのことが好きってやつなんか、どこにもいない。刑務所送りになればいい」

アーノルドは肩をすくめ、パンにバターを塗った。

夕食は進み、広い部屋は少年たちの甲高い声と銀食器のぶつかり合う音で満たされた。給仕係がトレイを落とすと、トレイは床でコインのようにカタカタと音を立てた。同じテーブルの少年たちが笑い声をあげ、拍手をした。窓際にいる少年が歌を歌いだした。「ああ、助祭は向かう……」歌は伝播《でんぱ》し、暖かい部屋のなかでテーブルからテーブルへと移っていった。しかし、その古い詩歌が恒例の熱気をもたらすことはなかった。歌は指導員長たちのテーブルに行き着くまでもなく、途絶えた。ミスター・ホワイトマンは眼を伏せたまま立ちあがり、部屋を出ていった。

のろのろと食事をしていたアーノルドは、同じ小屋仲間のほとんどが席を立ったあと、ようやく二杯めのアイスクリームを食べ終えた。アンクル・ポールが近づいてきて、テーブルの横で足をとめた。

「やあ、ポール」とアンクル・ジャックは言い、ナプキンで口をぬぐった。「どうしたんだ？」

指導員は渋面をつくった。「今日、射撃場でその子がちょっとした面倒を起こしてね」と彼はアーノルドを指して、言った。「彼は面倒を起こしてばかりいる」

「そうなのか、アーノルド？」とアンクル・ジャックは訊いた。

アーノルドはスプーンを入念になめた。

アンクル・ポールは首を振った。「言動に協調性がない。ホワイトマンと話をしに行かせたんだが、行っただろうか？」

「行ったのか、アーノルド？」

「いいえ」と少年は言った。

「どうして行かなかった？」アンクル・ポールは厳しい口調で言った。「会いに行けと言っただろうが」

「あの人と話をしたくない」とアーノルドはぼそりと言った。

「いいか、きみは自分がしたいことをいつもできるわけではないということを学ばなくちゃならない」アンクル・ジャックの表情が険しくなった。「アーノルド、いますぐオフィスに行って、ミスター・ホワイトマンに会ってきなさい。オフィスにいるはずだから。会ったら、私に報告するように」

「あの人と話をしたくない。そう言ったでしょう」

「向こうも会う余裕がないだろう。少なくとも今夜は」とアンクル・ポールは言った。

「ホワイトマンは今日の午後以降、考えることがいやというほどある。アーノルドは明日、会いに行けばいい」

「いや、今夜のうちに行ってもらいたいね。ホワイトマンも今週一度、アーノルドに会いたいと言っていたし。さあ、行きなさい、アーノルド、口答えはなしだ」

アーノルドは何か言いかけたが、男ふたりは反論を受けつけてくれる雰囲気ではなかった。アーノルドは椅子をうしろに引いた。「わかりました」と彼は言った。「でも、今夜ぼくに特別配達の手紙が届いたら、教えてください」アーノルドは立ちあがり、ドアへと向かった。

小道を歩いていると、管理棟のオフィスに煌々《こうこう》とともる明かりが見えた。管理棟は白材づくりで、窓には雨天時におろせる黴《かび》だらけのフラップがついていた。建物は波立つ湖のほとりの空き地の近くにあった。放置された手こぎボートのへりをなぶる、冷たい水の音が聞こえた。小道を吹き抜ける夜風がアーノルドの薄手のジャケットを襲い、彼はわずかに身を震わせた。はるか遠くの娯楽用ホールに、オレンジ色の明かりがともっていた。

＊

アーノルドは静かにスクリーンドアを押し開け、ほの暗い部屋にはいった。ミスター・ホワイトマンはデスクのうしろに坐り、電話で話をしていた。アーノルドは横並びのファイリングキャビネットのそばにある背の高い書棚に歩み寄ると、タイトルを眺めた。ついで本を一冊抜き出し、ページをめくりはじめた。

ミスター・ホワイトマンは電話を終えると、坐ったまま体の向きを変えた。「やあ、こんばんは、アーノルド」と彼は言った。「きみがはいって来たのに気がつかなかったよ」ミスター・ホワイトマンは長身で体軀がよく、日焼けした顔に、白髪まじりの短い髪をしていた。

アーノルドは本を棚に戻し、デスク上の光の輪に近づいた。

「何を読んでいたんだね？」

「クラーマンの『児童心理学』です」と少年は言った。

「ああ、それか。何年もこのオフィスに置きっ放しにされている本だ」

「新品の本です」とアーノルドは言った。「今シーズンになって買ったんじゃないですか」

ミスター・ホワイトマンは椅子に背をあずけ、少年を見つめた。デスクのラックからパイプを取ると、それを手のひらに打ちつけた。

「まあ、坐りなさい。コーラか何か飲むかね？　ソーダとか？」

アーノルドは首を振った。「さっき食事をしたばかりです」

ミスター・ホワイトマンは小さな煙草入れにはいっている葉をパイプに詰めると、火をつけた。しばらくのあいだ勢いよくふかし、椅子の背にゆったりともたれた。

「どうしたんだね、アーノルド？　私になんの用だろうか？」

「アンクル・ポールとアンクル・ジャックから、あなたに会いに行くよう言われたんです。アンクル・ポールは、ぼくが今日の午後、射撃場で話を聞かなかったから、すごく怒ってます」

「それはどうして聞かなかったのかな？　何はともあれ、彼はきみの指導員だ」

「あの人はぼくのことが好きじゃないんです」

ミスター・ホワイトマンは愉快そうに笑った。「とんでもない、彼はきみが好きだよ。とんでもなくばかげたことを言うな、アーノルド。アンクル・ポールは参加者全員のことが好きだ」

少年は黙っていた。

「なあ、アーノルド。きみは、指導員のなかにきみを嫌ってる者がいるなんて本気で思ってはいない。だろ？」

アーノルドは視線をあげた。卓上スタンドの光を受けて、小さな眼が一瞬輝いた。

「母さんから手紙が来たでしょう？」

「なんだって？」

「母さんはぼくをここにいさせたくて、ぼくの手紙に返事をくれないんだ。でも、あなたには書いている」

ミスター・ホワイトマンは長々とため息をつくと、指先をデスクの端にあてて言った。「真剣に話し合ったほうがよさそうだな。ええ？　私は何もごまかしはしないから、きみも正直に話してほしい。たしかに、きみのお母さんから手紙は来た。きみはここにいるのをいやがっていると書いてあった。そうなのかね？」

「はい」

「それはどうしてだ、アーノルド？　きみは夏休みでここに来ている。愉しい時間を過ごすために。何が気に入らないんだ？」

アーノルドは唇を引き結び、押し黙っていた。

「ほかの少年が、きみのことをわかってくれないからかい？　そういうことか？　率直に言うと、きみを年長者たちの小屋に入れることを考えた。でも、そこではきみが愉しめないと思ったんだ」

アーノルドはジャケットのジッパーをもてあそび、何度も上下させた。

「嘘をつくつもりはない、アーノルド。きみの指導員やほかの参加者に話を聞いた。きみがつらい思いをしているのは知っている。テニスラケットのガットを全部切られたと聞いている」アーノルドはうなずいた。「きみのラジオから部品が盗まれたことも知っている」

「取り戻しました」少年の細い指が素早く動き、ジッパーが溝のあるうねを滑った。

「そういうことじゃない。もしいじめられているのなら、それが知りたいんだ。ここに来て、私に話すべきだった」パイプの火はすでに消えており、ミスター・ホワイトマンはじれったげに、もう一度火をつけた。「ところで、誰がそんなことをしてるんだ、アーノルド？　同じ小屋の少年か？」

「いいえ」

「何人いる？　これからもいじわるをするようなら、その子たちの自由時間を短くしよう」

「ぼくにいじわるをするのは、ひとりだけです。それに、あなたは何もしなくていい」

「いいかい、アーノルド」とミスター・ホワイトマンはまじめな口調で言った。「私は話をしろとか、そういったことを言いたいわけではない。ただきみが過ごしやすいようにしたいだけなんだ。きみのお母さんは、きみの状態をとても気にしている。私としても、きみは愉しくやっていると知らせることができればと思っているんだ」

「コーラをもらっていいですか？」とアーノルドは訊いた。

ミスター・ホワイトマンは眉根を寄せ、小型冷蔵庫のところに行った。ボトルを取り出すと、栓を抜き、アーノルドに渡した。そして、いくぶんかうんざりしたように、腰をおろした。「さて、きみをいじめている子の名前を教えてもらえないか、アーノルド？」アーノルドはボトルの口を拭くと、ゆっくりとコーラを飲んだ。「言いなさい、アーノルド」

アーノルドはボトルを両手にはさんでまわした。「それは、もうどうでもいいです」

「言うんだ」

「わかりました。ボビー・トンプスンでした」

ミスター・ホワイトマンの顔から血の気が引いた。「なんだって……きみをいじめていたのはボビー・トンプスンだったと言うのか？」

「はい」

ミスター・ホワイトマンはきわめて慎重に腰をあげると、デスクの脇をまわって、コートを着た。「しばらくここにいなさい、アーノルド」声が震えていた。「ここにいるんだ。約束だ。ちょっとほかの者と話をしてくる」

アーノルドはボトルを床に置いて、言った。「わかりました」

「さっき見ていた本でも読んでいなさい。すぐに戻る。わかったね？」ミスター・ホワイトマンはドアのところまで行くと、少年のほうを振り返り、そして部屋をあとにした。ミスター・ホワイトマンが砂利道に出るや、走り出す音が聞こえた。

少年は立ちあがった。両手をポケットに入れ、室内をうろつき、デスクに歩み寄った。ミスター・ホワイトマンの椅子に坐ると、抽斗《ひきだし》を開け、便せんを数枚取り出した。

万年筆のキャップをはずし、クリーム色の便せんに手紙を書きはじめた。

親愛なる母さんへ

返事がなければ、手紙を書くのはこれで最後にします。ぼくは家に帰りたい。

夢で殺しましょう
Shooting Script
木村二郎／訳

ブームと呼ばれている棒のように長い操作可能なアームの先についたマイクが、頭上にとどまっていた。男が玄関アプローチを歩いて、ドアベルを鳴らすまで、そのマイクは詮索するかのように、あとに続く。第一カメラが肩越しのショットを撮るために、男の背後から近寄る。女がドアをあけると、カメラは女の顔をクローズアップで確実にとらえるまで、長く静止している。女は煙のようなブロンドの髪をうしろに引き絞って、後頭部で束髪にまとめていた。確認の笑み。訳知りの青い目。

「中にはいって」女が言った。「あの人は会社よ」

男は中にはいって、うしろのドアをしめた。第一カメラから室内の第二カメラへゆっくりと画面転換。二人が玄関ホールを抜けてリヴィングルームにはいるまで、第二マイクブームがついていく。二人がカウチにすわり、キスを交わすと、台車《ドリー》に載ったカメラが近寄る。

「あいつはいつ帰るんだい?」男が尋ねた。

「夜遅くよ。時間はたっぷりあるわ」

二人の声は頭上に突き出たマイクに拾われ、複雑なワイアの束の中をくぐり抜け、調整室に届く。音響担当者がダイアルを指で動かしながら、声を増幅したり、抑制したり、放送に適した完璧な電子信号に変換したりする。

放送中を示す第一カメラのタリーライトが家の外で点灯した。別の男が玄関への通路を歩いているところを写している。この男の顔はいかめしく、歩調は速かった。玄関ドアに鍵を差し込み、ドアを押しあけると、玄関ホールを大股に横切った。

第二カメラは突然の足音を聞いてキスを中断した男女を写し出す。驚いた女はカウチから立ちあがろうとしたが、バランスを崩して、カウチに静かに倒れ込んだ。

それまで作動していなかった第三カメラが、リヴィングルームの入口を写し出す。家にはいってきた男が入口を抜けて、立ちどまった。

「アル……」女が言った。「聞いてちょうだい、わたし……」

アルはポケットに手を入れ、拳銃を取り出した。

「なあ、おい……」カウチの男が言った。その顔は影に包まれていた。

アルはその二人に発砲し、弾丸を撃ち尽くした。銃声がその繊細な振動膜を傷つけないように、マイクブームがほんの少し上にあがる。

女と男がカウチから前に崩れ落ちるのを、アルは見つめた。第三カメラも同じようにその様子を写している。アルは拳銃を床に落とし、手を顔にやった。

「なんてこった」と言った。「ああ、なんてこった」

そして、アルがそこに突っ立っているあいだ、三台のカメラのタリーライトが点滅する。ゴム車輪のついたそのカメラは前にころころと動き、ケーブルを引きずりながら、まっすぐアルのほうへ近づいてくる。誰もそのカメラを操作していないし、勝手に動いていることを、アルは見て取った。長さ八インチのレンズがアルのほうに向いている。急に平静を乱したアルは肩越しにうしろを見て、あとずさりを始めたが、マイクブームが下がってきて、立ちどまらせる。すると、すべてのライトが――燃えるように明るいクリーグライトも小さなベイビー・スポットライトも――それぞれの配置場所で向きを変えて、光の輝きをアルに放っている。カメラが近づき、マイクブームがアルを小突き、ライトがぎらつく。彼は叫びながら倒れた。暖かい暗闇がもたされたので、それらの撮影機器とぶつかったのは幸いだった。

＊

もちろん、これはアル・スタンディッシュがこの一週間毎日見ている夢だ。しかし、同じ夢を繰り返し見ても、慣れることはなかった。きょう、水泳選手が水から飛び出すように、彼は眠りから抜け出した。ひげを剃るときに、これまでの朝と同様、その手をコントロールすることはできなかった。剃刀《かみそり》の刃は石鹼《せっけん》の泡でおおわれたひげをなめらかに剃り始めたが、手がぴくついて、顔の側面に小さな切り傷が現われ、血が出てきた。彼は顔をしかめ、傷口に絆創膏《ばんそうこう》を貼った。

朝食を食べに一階におりてくると、彼が例の夢を見たことがキャロルにはわかった。

「またなの？」

「ああ。五日連続だ。このいまいましい夢はいつもまったく同じだ」

「ねえ、あなた、どんな夢なのか、どうして教えてくれないの？」彼女は五本の指をものうげに金髪に走らせて、束髪をまとめているプラスティック製の髪止めを締めつけた。

スタンディッシュはコーヒーをすすった。「それは重要じゃない。気になるのは夢の内容じゃなく、夢を見る視点のほうだ。いまいましいテレビ番組みたいなんだ」

「あなたには休暇が必要なのよ」キャロルが言った。「単純明快ね」

「わかってる。でも、メリックにそれを言えるかい？」彼は首を横に振った。「なあ、こんなことがテレビ・ディレクターに起こるという話を聞いたことがある。夢を見るときは、カメラやクローズアップを見るんだ。まるで、調整室から夢を演出しているみたいにね。鏡に囲まれた部屋にいるみたいなんだ」

「でも、毎晩同じ夢を見るなんて奇妙ね。つまり、あなたがテレビ制作者の視点で夢を見ることは理解できるのよ。とにかく、あなたはテレビ・ディレクターなんだから。でも、夢の内容がいつも同じだとしたら、その説明がつかないのよね」

「そうだね」彼は立ちあがった。

「わたしも出てくるの？」彼女が尋ねた。

「何だって？」

「あなたの夢によ。わたしも出てくるの？」

「出てこない」彼は居心地悪くなった。「おれの知ってる人間は誰も出てこない」

「まあ、そのうちに見なくなるわよ。今晩は睡眠薬を呑んだらどう？」

彼女は彼と一緒にリヴィングルームを横切り、玄関ドアの前まで見送った。そこで、彼に形だけのキスをした。

＊

KCAB－TVのスタジオは彼の家から五マイル離れていて、信号に引っかからなければ十分で着く。テレビ局の社屋はぴかぴかに磨いたばかりのガラス板と新しい白い石でできていて、侵入を防ぐために境界線に張りめぐらせた垣根のうしろにそびえていた。正面入口の回転ドアの真上には、テレビ局のコールサインを示すプラスティック製の文字がかかげてある。それぞれの文字は高さ三フィートあり、埋め込まれたカラー電球の光で照らし出されていた。アメリカ国旗が前庭に立つ旗ポールの先で翻《ひるがえ》っている。

スタンディッシュは車を裏の駐車場に入れて、おりた。早足で第三スタジオの重い防音扉のほうへ向かい、遅刻していることを認識しながら、中にはいった。

スタッフは《レッド・ホリデイ・ショー》のために確保してあるスペースですでに準備を完了していた。バビッツは頭上のキャットウォークでライトを設置したり、光の向きを調整したりしている。レデラーはマイクをこつこつたたいている。スタッフ責任者のロウはすでにカメラの準備を始めていた。スタンディッシュが裏口ドアをあけて、スタジオにはいってくると、見なれない太陽光がコンクリート・フロアに降り注ぎ、みんなが彼のほうに目を向けた。

「おはよう」スタンディッシュが言った。「遅刻して、すまない」

レッド・ホリデイは隅に立ったまま、顔にメイクアップを施していた。スタンデッシュに不機嫌な表情を見せる少年のようなその顔が小さな鏡に映った。「ショーは同じ時間に始まるんだぞ、アル。あんたが遅刻すると、リハーサルの時間を削らないといけないいんだ」

スタンディッシュはレッド・ホリデイが嫌いだった。前任ディレクター二人がうんざりして、やめたあと、メリックは最後の手段としてスタンディッシュにこのショーのディレクター役を任せたのだ。「きみならあいつをうまく扱えるよ、アル」メリックはそう言った。「たしかに、あいつは付き合いにくいやつだが、視聴率を取ってくれる。できるだけのことはやってくれよ、いいな？　うちの最高のモーニング・ショーなんだ。それに、スポンサーも最多だ」

最初の数週間、スタンディッシュはホリデイと親しくなるために、あらゆる努力を尽くした。ホリデイと技術的な問題点について話し合った。些細な点やしばしば重要な点でも彼に譲歩した。ディナーを食べに来てくれと、彼を自宅に数回招待もした。ホリデイはスタンディッシュの妻ににこっと笑いかけたものだ。「キャロル」と言った。「家庭料理がぼくにとってどんな意味を持っているのか、きみにはわかっていないようだね。きみの旦那さんは運のいい男だよ」そして、レッド・ホリデイ特有の笑みを浮かべたものだ。

数カ月のあいだは順調に続いた。そのあと、ほかのディレクターたちが予想したとおり、二人の関係は崩れた。チャンスが与えられると、ホリデイは無理な要求を突きつけたのだ。スタジオ・フロアからディレクターのつもりで演出をやり始め、カメラを手ぶりで近くに寄せたり、スタンディッシュがバビッツと一緒に検討した照明効果を批判したりした。

けさも、メイクアップをしているあいだ、頭上のキャットウォークに叫んだ。「おい、バビッツ、けさはどうしてあのライトを切らないんだ？　きのうはおれの顔を明るくしすぎだぞ。もっと小さいライトを使えよ」

スタンディッシュがホリデイのほうへつかつかと歩み寄った。「レッド、そうするべき理由があるんだよ。あんたは小さいライトの下からは登場しないんだ。モニターで確かめてくれ」

ホリデイが頭を下げた。「おれは指示を聞いて従うよ。だがな、アル、あんたがきょうみたいに遅刻しても、いろんな詳細をどうやって頭にたたき込んだりできるのか、わからないときがあるぜ」

「十分だよ、レッド。十分遅刻しただけだ」

ただけだ」

「おいおい、落ち着けよ」ホリデイが笑みを浮かべながら言った。「ちょっとふざけただけだ」

バビッツが頭上のキャットウォークから呼びかけた。「アル、このライトを付けてほしいのか、消してほしいのか、どっちなんだ？」

「つけたままにしてくれ」スタンディッシュが言った。「明るすぎたら、ショーのあとで確かめよう」

スタンディッシュがフロア・スタッフと話し合っているあいだ、ホリデイはにやにや笑いながら、キュー・カードを作ってもらいに行った。解決すべき問題点はそれほど多くなかった。スタンディッシュにとって、《レッド・ホリデイ・ショー》は主役の男を除けば、楽な番組だった。率直に言えば、都会の主婦を念頭に置いて、朝食とアイロンがけのあいだの時間帯に当てはめているのだ。週五日、毎朝三十分間放送して、メリックが〝常習的視聴番組〟と呼びたがるものに仕立てあげたことは、あらゆる面で事実である。その番組は若い女性歌手と若い男性ハーモニカ奏者を登場させ、レッド・ハリデイがその二人に絡んだり、脇にまわったり、二人のパフォーマンスに口をはさんだり、冗談を交わしたりする。スタンディッシュはとくにこの番組が好きだというわけではない。午後に演出するニュース番組のほうが好きだ。そういうニュース番組は、彼の持ち場においては技術的な設備を必要とするだけだ。出演者との相性なんかまったく関係ない。

そのあとの三十分間、スタンディッシュはカメラ作動の単純な操作方法について検討した。調整室はスタジオ・フロアを見おろせるガラス張りの長いブースで、フロアから隔離されている。その隔離された調整室で、彼は眼下に見える人々の要求や問題から解放された気持ちになった。目の前にあるガラス板の真上には、それぞれのカメラの映像を示すモニターが並んでいる。電波で送りたい映像を選ぶには、ボタンを一つ押すだけでいいのだ。

頭の片隅で、彼は適切な映像を選択していた。指先で適切なボタンを押した。ところが、頭に浮かぶ光景のほとんどがあちこちにさまよった。眼下の大きなカメラはドリーで移動したり停止したりして、彼の夢を思い出させた。なんとなく、水族館に来て、自分には何の関係もない生命体を見つめているような気持ちだ。カメラが作動し、ライトが点灯し、またリヴィングルームにいる自分の姿が見えた。モニターの並びがちかちかして、彼は眠くなった。半ば閉じた目でそれらのモニターを見つめた。

もう一度、自分自身が玄関ホールを横切っている姿が見えた。もう一度、想像上のカメラがカウチで抱き合っている二人の男女に焦点を合わせる。彼の妻は愛らしかった。妻はここ数年間スタンディッシュに見せなかった情熱を込めながら、口をあけてその他人にキスをした。スタンディッシュは空想するディレクター兼参加者の立場から、妻のキス相手の顔を見るために、必死に目をこらした。意志の力でカメラをもっと近くに寄せた。しかし、いつもと同じように、男の顔は影で見えなかった。すると、自分自身がリヴィングルームにはいってきて、ポケットの拳銃に手を伸ばす光景が見えて……

「あと五分！」

フロアのステージ・マネジャーの声が調整室の大きなスピーカーから聞こえた。スタンディッシュはその声に驚き、目をこすって、大きな壁かけ時計をちらっと見た。赤い秒針が一周まわるごとに、分針が六度ずつ動く。バビッツが調整室にはいってきて、照明パネルの前にすわった。レデラーは音響スペースにはいった。ロウはフロアで最後の確認を取ってから、調整室にあがってきて、スタンディッシュの隣の椅子に腰をおろした。

「いいぞ、みんな」スタンディッシュは毎朝するように、そう言った。「さあ、魔法をかけてやろうぜ」

みんなは彼をうつろな目で見て、それぞれの操作機器に注意を向けた。

スタンディッシュは片目を時計に向けたまま、ヘッドセットのマイクを自分の口のほうへ傾けた。「スタンバイ」と言うと、眼下の動きが収まり、人々がスタートの位置に移動した。レッド・ホリデイは自分のデスクのうしろにすわり、第一カメラのほうを向いた。唇を湿らせて、にこっと笑った。女性歌手は二台の扇風機からの風でうねっているガーゼ地の紗幕《しゃまく》の前に立ったまま、待機した。ハーモニカ奏者はマイクブームの近くのスツールにすわって、自分のハーモニカをぼうっと見ている。

秒針が〝12〟の数字を指した。

「スタート」スタンディッシュが言った。「テーマを流せ。さあ、スタジオに移動するぞ。一カメ、用意。ホリデイに焦点。一カメ、はい！」彼は第一カメラを作動した。

ホリデイの笑顔がスタンディッシュの前に並んだモニターに映った。

「おはよう、ママ」ホリデイが言った。「レッド・ホリデイのくっちゃべり祭りがきょうも始まりますよ。では、ゆったりとすわって、そのコーヒーを飲み干し、おしゃべりに耳を傾けるというのはどうですか？　ねっ？　いいでしょ？」

＊

番組はいつもどおり、事件も事故もなく進んだ。車のドライヴァーが話に夢中になりながらも、ギアをシフトしたり、角を曲がったりできるように、番組に神経を集中させずに演出できることに、スタンディッシュはずっと前から気づいていた。この数カ月にあいだに膨れあがってきた問題について考えながらも、指先は制御盤の上を動きまわっている。もはや否定できないことだが、この仕事は退屈だ。休息のために、青い湖と暖かい陽差しのあるところへ旅行すべきだ。それに、ここに一番厄介な感情がある。妻のキャロルが自分から遠ざかっていくという漠然とした印象。もちろん、それがあの夢の原因だ。だが、第一カメラから第二カメラに注意深く画面転換しながらも、どうしてあの夢にはほかの男が登場するんだろう？　最近のキャロルのよそよそしさは不貞をほのめかしていない。もし不倫の証拠を見つけたら、現実生活で拳銃を使うほど嫉妬するだろうか？　もちろん、嫉妬などしない。それに、拳銃を持ってもいないのだ。

そのとき、夜警の男が拳銃を持っていることを思い出した。地階のお粗末なロッカーに保管してあり、丈夫かどうか疑わしい錠がかかっている。

馬鹿馬鹿しくなって、スタンディッシュはモニターに注意を集中した。番組のいろいろなコーナーが進行するにつれ、時が過ぎていった。レッド・ホリデイはいつもの三倍気まぐれだった。女性が歌い、男性がハーモニカを演奏し、ついにスタンディッシュがヘッドセットに言った。「よし、終了のあいさつだ」

「さて、これでけさはお別れです」片目でフロア・マネジャーのキュー・カードを見ながら、ホリデイが言った。「またあしたお会いしましょう。本当に特別の出し物を用意してありますからね。いいですか? 身体に気をつけて、きょうもいい日をお過ごしください」

「終了の音楽を」スタンディッシュが言うと、音楽が音響コーナーから流れてきた。「フェードアウト」彼は体を反らして、マスター調整室につながっているパネルのインターコムに叫んだ。「あとはお任せしますよ、マスター」すると、目の前にある放送中のモニターにテレビ局のコールサインが映った。「こちら、KCABです」声が告げた。「皆さまに最高のニュースと娯楽をお届けしております」

スタンディッシュは体を反らして、ヘッドセットを外した。煙草に火をつけた。三人のエンジニアがかなり多めのスイッチをまわしたり、上下に動かして電流を切ってから、調整室から出ていった。眼下では、大道具係たちが舞台装置を取り外し、カメラマンたちがテレビ局の食堂へ向かうと、スタジオがまたたくまに無人になった。

スタジオが無人になる速さに、スタンディッシュはいつも少々の驚きを感じている。まず番組が放送されてから――全員が支障のない進行を最優先に考えている時間だ

——終了後の数秒以内にライトが消え、ケーブルが束ねられ、広いスタジオががらんとして、寂しくなる。今、彼は調整室にすわって、その光景を見守っていた。自分のエネルギーの発散のせいで空気は暖かく感じられ、眠くなってきた。次の担当番組は二時間後に始まるので、スタジオは午後まで空っぽだ。回転椅子にすわったまま体を反らして、煙草を灰皿で揉み消し、居眠りを始めた。

*

本当の眠りではなく、浅い眠りなので、自分の見たい夢が見られた。メイン州へ新婚旅行に行った五年前のキャロルが登場し、色鮮やかな秋の紅葉の下で服を着込み、顔を紅潮させている。そのあと、最近の毎朝のキャロルが登場し、妙によそよそしく、愛情を態度で表わす機会を注意深くさけている。

この毎朝のキャロルの夢を見て、スタンディッシュはぱっちり目を覚まし、顔をしかめた。汗ばみ、シャツが背中に貼りついている。眼下のフロアでは、誰かが隅の影の中に立って、電話で話している。その人影を除けば、スタジオは空っぽだ。スタンディッシュは音響係が残したマイクブームが電話口の人影の頭上にぶらさがっているのになんとなく気づいた。そして、なんとなく音響パネルとスイッチをちらっと見た。

悪戯《いたずら》をしたい突然の衝動に駆られて、マイクブームのスイッチを入れた。

「……四、五分もしたら、ここから出ていける。このメイクアップを落としたらすぐにね」

レッド・ホリデイの声だった。スタンディッシュはスイッチを切ろうとしたが、手をとめた。

「よし、いいぞ。最後のニュース番組は四時終了だ。たぶん四時半まで帰らないだろう。ふんふん。電話してこないように、あいつに電話して、午後は遅くまで留守にしてると言うんだ。そうだ。二十分後に着く。……うん、ハニー、もちろんだ」受話器を元に戻すときに、増幅されたガチャンという音が聞こえた。

ホリデイが消えたライトの下を歩いて、横口からスタジオを出ていく姿をスタンディッシュは見つめた。そして、マイクのスイッチを切った。すわったまま、考えた。

「アル？」マスター調整室につながれたインターコムから声が聞こえた。「アル、第三スタジオの調整室にいるの？」

「ああ」

「あなたに電話よ」

「ありがとう」

スタンディッシュは受話器をつかみあげた。「もしもし」

「どなたですか?」テレビ局の交換手の声だった。

「アル・スタンディッシュだ」

「あらっ。お待ちください、ミスター・スタンディッシュ、あなたにお電話です」

一拍おいて、キャロルの声が聞こえた。「あなたなの、アル?」

「ああ」

「あなたのオフィスに電話をかけたんだけどね、ダーリン、あなたはそこにいなかったのよ」

「調整室にいるんだ」

「番組を観たわ」

「本当かい?」

「ええ。とってもよかったわ。歌手の素敵な場面がいくつかあった。それに、レッドは面白かったし。素敵な番組だったわ」

「ありがとう」

「電話したのはね、わたし、午後遅くまで買い物に出かけてるからなの。あなたが家に帰る直前まで外出してるわ。ところで、いつ終わるの?」

「わかったわ。そのときに会いましょう。外食できるかもね。じゃあ」

「四時だ」

「じゃあ、あとで」

スタンディッシュは電話を切り、調整室を出た。スタジオ・フロアを横切り、廊下に出た。スケジュールどおりに行動する二人の秘書が彼に、「おはようございます」と言った。スタンディッシュの時間が空《あ》いたら、ミスター・メリックがお会いしたいということを、メリックの秘書、ミス・ジェイスンが言った。スタジオ・ツアー・ガイドの一人がスタンディッシュの質問に答えて、「ミスター・レッド・ホリデイはさっき帰られたところです」と言った。

スタンディッシュはエレヴェーターで地階までおりて、夜警のロッカーへ向かった。錠はかかっていたが、脇の蝶番《ちょうつがい》が少しゆるんでいた。ロッカーをあけるのはそれほどむずかしくはなかった。

*

車をとめて、玄関への通路を歩いた。ホリデイの赤いコンヴァーティブルは通りのむこうに駐車してあり、隣人の垣根のうしろで半分隠れている。スタンディッシュは静かに玄関ドアをあけて、短い玄関ホールを横切った。柔らかいカーペットの上で注意深く足音を立てないように努めた。

リヴィングルームのオーディオ・セットから音楽が流れていて、グラスの音が聞こえた。はいると、そこにいた二人が彼を見つめた。妻は立ちあがろうとしたが、すべって、カウチに倒れ込んだ。

「アル！」彼女が言った。

ホリデイはグラスをコーヒー・テーブルに置いて、立ちあがった。「奇妙な光景に見えるだろうね」半ば笑みを浮かべて言った。「信じてくれよ、アル。あんたが思ってるようなことじゃないんだ。おれはちょっとここに寄って……」彼の声が途切れた。

何も考えられなかったのだ。

スタンディッシュはポケットから拳銃を取り出した。

「おい、まあ聞け……」ホリデイが言いかけた。

スタンディッシュは二発撃った。そして、妻に拳銃を向けた。彼女が立ちあがろうとしたとき、彼は撃った。

その二人が倒れて、しばらくしたあと、スタンディッシュはあたりを見まわして、頭上にマイクブームがあるのか、注意深く配置したカメラがあるのか捜した。椅子にすわって、拳銃をラグの上に落とした。そして、暗くなるのを辛抱強く待った。

*

目が覚めると、いつもとは違う夢を見たことに気づいて、笑みを浮かべた。今回はカメラもないし、鏡に囲われた部屋のような視点もない。今回は平凡で単純な夢だった。いくつかの基本的な要素が変わったので、たぶんいつもの夢は消え去ったのだろう。朝食を食べに一階におりて、キャロルに伝えよう。

戸惑いながら、リヴィングルームを見まわした。まだ眠っているにちがいない。ホリデイと彼の妻は生気なく、お互いのそばに倒れている。拳銃はラグの上にある。スタンディッシュは少し困惑した。頭の中がぼんやりしている。考えようとしたが、玄関ドアをどんどんたたく音で気が動転した。

玄関ドアをあけて、どんどんたたく人間を追い払ってやろうと決心した。そうしたら、すわったまま、目が覚めるまで待っていればいい。

強盗／強盗／強盗

Robbery, Robbery, Robbery

仁木めぐみ／訳

チャールズ・ヘンダーソンは銀行の、ガラスの仕切りがあるカウンターの中で百ドル札を数えると、きちんと積み上げた。ヘンダーソンは二〇代後半のまじめな青年で、髪はすっきりしたクルーカット、学生のようなおとなしい顔をしている。窓口の狭いブースの中は暑くなってきて、自分の額に汗の玉が吹き出ているのがわかる。

「この窓口は開いているのか？」と声がした。

ヘンダーソンが見上げると、長身でがっしりした体格の男がカウンターに近づいてくるところだった。「はい」ヘンダーソンは答えた。

男は一瞬、ヘンダーソンをじっと見た。なにかが気になるようだった。ヘンダーソンは男の顔にどこか見覚えがある気がした。

「いらっしゃいませ」

「世話になるよ」男は窓口の柵の下から布製のバッグを滑りこませた。男がバッグを少し持ち上げると、バッグの下にある三八口径のピストルがヘンダーソンの目に飛び込んでくる。銃口は彼の腹に向けられていた。「これに入れろ」男は穏やかに言った。「有り金を全部入れるんだ」

ヘンダーソンは銃を見つめた。喉が締めつけられるようにこわばる。「ちょっと待ってください――」

男は言った。「早くしろ。しゃべるな」

ヘンダーソンはバッグの口を締める紐をつかんだ。振り向いて、数フィート先で仕事をしている他の行員たちの様子をうかがった。支店長のパワーズ氏は自分のオフィスに座っている。

「聞こえたか?」

ヘンダーソンはうなずくとバッグに金を放り込みはじめた。窓口の磨き上げた桟の下にある真鍮《しんちゅう》色の非常ボタンに目がいく。そんなことを考えるな。彼は自分に言い聞かせた。ヒーローみたいなまねをしてなんになる? 新聞に名前が載る程度だろう? 彼は残りの金もバッグに入れると、バッグを閉めようと紐を引いた。

「待て」男が言った。「まだだ。後ろのテーブルにある金もだ」

ヘンダーソンはうなずいた。ゆっくりと後ろを向き、バッグをまた開けた。金を流し込むようにバッグに入れながら、自分がこの状況にまったく合わないことを考えているのに驚いた。ここは暑すぎる。パワーズはどうしてエアコンを入れないのか？今日は木曜日、いまは午前中だ。午後には髪を切りにいかなくては。

ヘンダーソンは男にバッグを手渡しながら、また、この男を見たことがあると感じた。ヘンダーソンは男の顔をじっと見た。ぎらぎらした細い目、あばたのある肌、血色の悪いあごに沿って白い傷痕がある。

男はバッグの紐を歯を使って締め直した。下の歯が二本欠けている、とヘンダーソンは思った。それから男が足早にカウンターを離れ、銀行の店内を横切って回転ドアを抜けたのを見送った。男は舗道に出ると走り出した。

すべては一分足らずの間の出来事だった。ヘンダーソンは狭い店内を見回した。二人の行員は静かに綴じ込み用カードをチェックしている。パワーズは個室のオフィスで年配の女性の肩をたたいていた。ヘンダーソンはわずかに微笑んで、この状況にもかかわらず自分が冷静でいることを面白いと思った。そして非常ボタンを押した。

＊

パワーズは彼に冷たい水が入った紙コップを手渡した。銀行は閉められ、下げられたブラインドが真昼の白い光をさえぎっていた。私服刑事が窓口の柵に粉を振りかけている。

「大丈夫か？　ヘンダーソン」パワーズが訊いた。

ヘンダーソンは微笑んだ。「大丈夫です」パワーズの顔に暗く不安そうな表情が浮かんでいるのを見て、ヘンダーソンは満足した。今日の午後こそ昇給の件を持ち出すのにぴったりなチャンスかもしれない。

「ヘンダーソンか？」大柄で動きがぎこちない男がオフィスに入ってきた。「強盗担当のピッサーノ警部補だ」男はプロらしい威厳を持って言った。「大丈夫かね？」

ヘンダーソンは怯えている弱々しい銀行員を装うことにした。本当のところピッサーノもそれを期待しているようだった。「かなり動揺しています、警部補さん。おそろしい経験でした」

「ああ、そうだろう」ピッサーノは同情したように言った。「犯人はどんな男だった？」

ヘンダーソンは警部補がきれいな革のノートを開くのを見ていた。でたらめな特徴を教えるべきだろうか、彼はおもしろがりながら、一瞬そう考えた。やめておこう。警察は犯人をちゃんと捕まえるかもしれないから。ヘンダーソンは言った。「背の高い男でした。よくいるような顔で。本当にそれしか覚えていないんです」

「よく考えてみたのかね？」ピッサーノは言った。

ヘンダーソンは警部補の口調に反発を感じた。偉そうな態度を取られるいわれはない。「すみません、警部補さん。頭の中が真っ白なんです」

パワーズはまだおろおろしていた。「考えてみるんだ、ヘンダーソン」

ピッサーノが訊いた。「犯人の服装は？」

「本当に覚えていないんです。でも、顔に傷があったような気がします」

ピッサーノは書き留めた。「傷はどこにあった？」

「あごです」

またメモを取る。「言葉遣いは？　なまりはあったか？」

「わかりません。今警部補さんと話しているのと同じような感じでした」

ピッサーノはノートを閉じた。「いいだろう。住所と電話番号を教えてくれないか。何枚か写真を見てもらうことになるかもしれない」

ヘンダーソンは教えた。「頭が割れるように痛いんです、警部補さん」それから訊いた。「もういいですか？」

ピッサーノはうなずいた。彼はパワーズの方を見てから、指紋係の方に歩いていった。

パワーズが言った。「今日はもう休んだ方がいい。どちらにしても支店は開けられないから」

ヘンダーソンはうなずいた。立ち上がって、めまいを起こしたふりをする。

「ああ、無理しない方がいい」パワーズが言った。

「大丈夫です。明日朝九時ちょうどにお会いしましょう」

「ああ、明日も具合がよくなかったら……」

「いえ、大丈夫です」ヘンダーソンはパワーズの方に向き直った。これほどのタイミングはないだろう。「すみません、パワーズさん、お話があるんです。こちらに来てもう八ヶ月になりました……」

*

アパートは暑かったので、彼は換気扇をつけた。キッチンでジャケットを脱ぎ、冷たい牛乳をグラスに注いだ。気分が良かったが、それには理由があった。パワーズが五ドルの昇給を認めたのだ。しかもなんの文句も言わずに。

ヘンダーソンはキッチンより涼しい寝室に入ると、ベッドの上に身体を伸ばした。

強盗に感謝しなければ。強盗が入ったせいでパワーズのガードが緩んでいた。そのおかげでなんの問題もなく昇給が認められたのだ。こんなことなら一〇ドル上げるように言えばよかったかもしれない。

ベッドに寝て、気持ちが休まっているなと思っていると、不意にあの強盗をどこで見たのかを思い出した。ヘンダーソンは驚きながらも満足し、ベッドの端から足を垂らすと、しばらくそこに座って考えていた。

町の反対側に食堂がある。去年はよくそこに食べに行っていた。その店のカウンターの向こうの油じみたコンロの前に長身でがっしりとした体格、あばたと傷痕がある男がいた。

ヘンダーソンは記憶をたどった。頭の中で食堂の料理人の顔が今日の強盗の顔と溶け合い、一致した。同一人物だ。

ヘンダーソンは立ち上がると、キッチンに戻り、換気扇を消した。あの男はまだあそこにいるだろうか？　彼は考えた。それから椅子の背にかけたままになっていたジャケットが目に入った。彼はジャケットを取り、漫然とその生地を指でなでた。まだ外は明るく、雨が降りそうな気配もない。あの男を見に行ってもなにも問題はないだろう？　今日の午後はなにもすることがないのだから。それに面白いことになるかもしれない。

彼は衝動的にジャケットを羽織るとドアに向かった。

*

昼下がりのエッジウッド食堂《ダイナー》にはほとんど人気《ひとけ》がなかった。店主はディスクジョッキーを聴いていて、従業員は自分たち用にグリルでビーフハンバーグを焼いている。ヘンダーソンはカウンター席に座ると、コーヒーを注文した。「コンロのところで働いている奴はどこにいる?」彼は店主に訊いた。

「ウォレスか?　今日は病気で休みだ。明日には来る」

ヘンダーソンはポケットからコインを一枚取り出すとカウンターの上に置いた。

「奴に金を借りてるんだ。今日はいると思ってたんだが」

「明日はいる」店主は答えた。彼はコインを取った。

「奴に連絡が取れる場所は?」

グリルの前にいる年配の黒人が振り向いた。「ウォルナット通りに住んでいる。三一六番地だ」

「そこに電話はあるかな?」

「ホールに公衆電話がある。ターナー六－六一三二だ」

ヘンダーソンはにっこりした。「君はよく知ってるな」

黒人は笑い返した。「奴に金を貸しているんだ。あの男はカードをやめるべきだ。単なるばかだね」

ヘンダーソンはコーヒーを飲み干し、店を出た。

＊

ウォレスが住む建物の向かい側にドラッグストアがあった。ヘンダーソンはターナーの番号をダイアルし、発信音を数えた。六回目の途中で相手が出た。「もしもし？」

「ウォレスか？」

短い沈黙があった。「誰だ？」

「友人だ」

「番号違いだな、友人さん」

「そうかな。金の話をしよう、ウォレス」答えはなかった。「まだ聞いているか？」

「お前は誰だ？」

ヘンダーソンは考えた。同じ声のようだが、自信はない。「あんたは俺を知らない。

でも俺はあんたを知ってるんだ、ウォレス。今朝あんたがどこにいたのかも知っている」

「何の話だ？」

「俺と会うとして、そうだな、時間は――」ヘンダーソンは時計を見た。「四時だ。今から五分後だ。ウォルナット通りとサード通りの角で」

「いいか――」

「俺はこの電話にもう一度一〇セント玉を入れて、警察に電話すればいいだけだ」

長い沈黙の後、ウォレスは言った。「わかった。四時。ウォルナットとサード」彼は電話を切った。

ヘンダーソンは受話器を置くとブースを出た。ドラッグストアの正面の大きなガラス窓越しに、通りと隣接した下宿屋が見える。ヘンダーソンは煙草を一箱買うと窓のそばに行き、三一六番地のドアを見張った。数分後、一人の男が出てきて、通りへの階段を降りた。ヘンダーソンはにやりとした。がっしりとした体格と血色の悪い顔に見覚えがある。男が角を曲がるまで待ってから、彼はドラッグストアを出た。

*

ヘンダーソンはホールにある公衆電話の番号を確認してから、暗い廊下の突き当たりのドアが開くかどうか試した。鍵がかかっている。彼はしばらく、ノブに手をかけたまま、暗がりに続く老朽化した階段を見つめて立っていた。ウォレスはおそらく、うまくいけばこれから十分間は戻ってこないだろう。

ヘンダーソンはドアに身体を打ちつけた。もう一度。三度目でちゃちな鍵が壊れ、彼は落ちるように勢いよく部屋に転がり込んだ。中は狭い寝室だった。壁紙はどぎつい紫色で、汚れた窓越しにごちゃごちゃした路地と裏庭が見える。ヘンダーソンはベッドに近づくとカバーをはぎ取り、マットレスを床に落とした。安っぽい松材の机の引き出しを開けてみたが、ほとんどが空《から》だった。クローゼットにはハンガーと小さなスーツケースしかない。スーツケースを開けると、中には靴下二足しか入っていなかった。

部屋の真ん中に戻ったヘンダーソンは、なにかを隠しているところはないかと壁を調べてみた。部屋の中は薄暗く、彼はもっと灯りがほしいと思った。そして上を見ると、天井から二本の鎖でガラスの照明器具が吊り下げられている。

ヘンダーソンは笑みを浮かべながらベッドに上ると、照明の半球形のかさにむかって手を振り上げた。指先がガラスに触れた。彼はジャンプしながらもう一度手を振り上げた。今度は手の側面が当たった。かさが跳ね返って傾くと、布製のバッグが滑り出てきて床に落ちた。ヘンダーソンはベッドから飛び降りると引き紐を緩めてバッグを開けた。中には銀行の金が詰まっていた。

ヘンダーソンは時計を見ると（あと五分あった）辺りを見回した。このバッグを入れる物が必要だ。このまま持ち歩くわけにはいかない。そのとき彼はクローゼットの中にスーツケースがあったのを思い出した。彼はスーツケースを取り出すと、バッグを入れ、留め金を締めた。数分後、彼はスーツケースを揺らし、静かに口笛を吹きながら階段を降りていた。

午後の出来事で刺激された神経を落ち着かせなければ。彼はしばらく通りを歩いた後、バーに入り、奥の方のボックス席に座るとスーツケースをしっかりと足の間に挟んだ。飲み物を注文し、ちびちびと飲みながら、この一時間ほどのことを思い返す。とても簡単だった。信じられないほど簡単だった。自分がいつ、金を取ろうと決めたのかわからなかった。しかしそんなことは問題ではない。もうすべて終わったのだ。危険だったのは部屋にいる間、ウォレスが予想より早く帰ってくるかもしれなかったあの短い間だけだった。しかしそれはもうすんだことだ。

ヘンダーソンは二杯目を飲んだ後バーを出て、自宅に向かうバスに乗り、夕暮れの温かい薄闇が降りてきて、ネオンの光が増えていくのを見ていた。金を隠さねばならない。しばらくの間――八ヶ月か、一年ぐらいでいいだろう。慎重になるだけの価値はある。それが過ぎれば車にでも、ヨーロッパ旅行にでも、女にでも好きに使うことができる。すばらしく皮肉だな。彼はにやりとした。ウォレスは何もできない。警察に行って、自分が強盗をしたと報告することなどできないはずだ。金は二度盗まれたのだ。

ヘンダーソンは最寄りのバス停よりいくつか手前で降りると、ほの暗いたそがれを楽しみながらゆっくりと歩いていた。自宅のある通りまできたとき、黒い車が車体を舗道に寄せて停まった。「ヘンダーソン？」

ヘンダーソンは不意に立ち止まった。スーツケースを持つ手に力が入る。車を運転していたのは見たことのない、中年の太った男だった。しかしその隣にはピッサーノが座っていて、窓を開けてこちらを見ていた。「君のアパートに来たところだ」ピッサーノは言った。その目がスーツケースを見下ろす。「旅行かなにかに行くつもりか？　ヘンダーソン？」

「いいえ、警部補さん。家に帰るところです」ヘンダーソンはスーツケースを上げてみせた。「この中の物を町に取りに行ってきたんです」

「署まで一緒に来てもらえるか？　一時間もかからないから」

「警察署に？　なんのためですか？」

「みなにやってもらっていることだ。乗ってくれ」

ヘンダーソンは舗道の上で落ち着かなげに身じろぎした。「えーと、このスーツケースを置いてきてもいいですか？　これを引きずって歩いてもしょうがないでしょう」

「持ってくるんだ。時間がない」

ヘンダーソンは後部座席のドアを開け、乗り込んだ。スーツケースは横にして床に置き、その上に脚を載せた。

太った男はエンジンをかけ、車を発進させた。ピッサーノが振り向き、ヘンダーソンの顔をじっと見た。「具合はどうだ？」

「ずいぶんよくなりました。ありがとうございます」ヘンダーソンは身を乗り出した。「警察署で何をすればいいんですか？」

ピッサーノは答えた。「決まりきったことだ。今夜にも解決できるかもしれない」

ピッサーノは向き直り、それから到着まで何も言わなかった。

＊

ヘンダーソンは狭くて薄暗い講堂のような場所に座っていた。正面の長い演壇には演台とマイクがあった。演壇の上は天井のへこみに取り付けられた強力なライトの列に煌煌《こうこう》と照らされている。

ピッサーノはヘンダーソンの前を通り過ぎると彼の隣に座った。「スーツケースを動かしてくれないか？」ピッサーノは言った。「通路の邪魔になっているようだから」

ヘンダーソンはうなずいた。スーツケースを持ち上げると、自分の隣の空いている椅子の上に置いた。「これから何をするんです？」

「演壇に六人ほどの男たちが出てくる。彼らをよく見てほしいんだ。見覚えがある奴がいたら教えてほしい」

制服警官が一人入ってきた。警官は演壇に立つと、マイクに向かって言った。「はい、いいか、はじめよう。ライトに照らされても溶けやしない。さあ、出てくるんだ」

ヘンダーソンは六人の男が重い足取りで登壇し、後ろの壁にもたれて立つのを見た。なかなかおもしろいね、彼はそう思った。警察はスラム街を浚《さら》ってこの浮浪者たちを集めてきたのだろう。ピッサーノに車に乗せられて以来はじめてほっとしたヘンダーソンは、煙草を取り出すと、マッチをすった。そしてすぐに彼は顔を上げた。暗い部屋の中で、六列分の椅子を挟んで、演壇に最後に上った男、ウォレスと目が合った。

「どうした？」ピッサーノは熱心に訊いた。「誰かに見覚えがあるのか？」

「いえ」ヘンダーソンは答えた。普通の声を出すのが難しかった。マッチを唇の近くまで上げていたので、炎が彼の顔を明るく照らし出した。彼はしびれたように力が入らない手を振って火を消そうとしたが、その前にウォレスが下に目をやった。パニックに陥ったヘンダーソンが見ていると、ウォレスはヘンダーソンの隣の席にあるスーツケースを見つめた。なにかに気づいた表情がウォレスの顔に広がり、やがてそれは怒りに変わった。ヘンダーソンはまだ燃えているマッチを落とした。

ピッサーノはヘンダーソンを見た。「本当に見覚えはないのか？」

「はい」

演壇の上にいる警官が男たちを一人ずつ前に進み出させ、帽子をかぶっている場合はそれを脱がせた。警官は何人かには質問をし、訊かれた男たちはぶっきらぼうで不機嫌そうに答えた。最後に進み出たウォレスはライト越しにまだヘンダーソンをにらんでいた。

「名前は？」警官は訊いた。

「ウォレス」

「フルネームだ、ウォレス」

「アート・ウォレス」ウォレスは目の上に手をかざして光をさえぎった。

「顔から手を離せ！」

ウォレスは手を下ろした。その唇が静かにこみ上げる怒りでねじ曲がっていく。

「気づいたことはないか？」ピッサーノが訊いた。

ヘンダーソンはうつむいた。「ありません」

ピッサーノは立ち上がった。六人の男たちは列のまま退場した。「そうか、では次で見つかるだろう」ピッサーノは首を振った。「この中の一人だと本当に思っていたんだが。奴らはみな過去に銀行強盗に関わったことがある。今日の午後集めてきた。君に見てもらってはっきりした」

部屋には二人と演壇の上の警官しか残っていなかった。「彼らを捕まえておくんですか？」ヘンダーソンは訊いた。

「いや。すぐに釈放する。拘束しておく理由がないからね」

ヘンダーソンはゆっくりと立ち上がった。通路の方を手探りする。「帰……ってもいいですか、警部補さん？」

「もちろんだ。明日また別の男たちを見てもらうことになると思う。銀行に迎えに行く」

ヘンダーソンはスーツケースを取り上げた。それはさっきよりも重く感じ、今や重荷になった気さえした。

「少し休むといい。具合が悪そうだ」ピッサーノが言った。

ヘンダーソンはうなずいた。「おやすみなさい、警部補さん」

「おやすみ。無駄足をさせて悪かった。でもこうなるとはわからなかった」

ヘンダーソンはドアに向かった。「帰りも……送ってもらえますか？」

「すまんが、それはできない。車が空いていないと思うんだ。それに私はあと二時間ほどここにいなくてはならない。タクシーを使ってくれ。明日精算するから。私ならこの辺りをうろうろはしないね。かなり危ない。夜は特に」

ヘンダーソンは警察署を出た。外は煉瓦《れんが》敷きの狭い路地だった。彼は早足で路地を抜けると、警察署の横の舗道に出た。一ブロック向こうの薄暗い通りを数台の車がのろのろと走っている。彼は急いで通りに向かった。

ここから離れるんだ、彼はそう思いながら肩越しに振り返った。ウォレスは俺を見つけ、このいまいましいスーツケースにも気づいてしまった。いまやすべてはウォレスに有利だ。俺は奴が犯人だと証言しなかった。奴は俺を殺し、金を取り返すことができる。警察はもう奴を疑わないだろう。俺が証言しなかったばかりに。

ヘンダーソンは通りに着くと立ち止まり、左右を見回した。タクシーもバスも見当たらない。辺りにはまったく人気がなかった。ここは町の主な交通路からたっぷり数マイルは離れている。そして釈放されたウォレスが俺を探しているはずだ。

ヘンダーソンはくるりと向きを変えると、早足で立ち去った。スーツケースが何度も足首に当たる。荒れ果てた廃墟ばかりが並ぶ小道を抜けようと急ぐ。次の角のところで何かが動いた。男の人影だ。

ヘンダーソンは勢いよく向きを変えると、来た道を戻りはじめた。警察署に戻るんだ。そもそもあそこを離れたのは愚かだった。警察署には電話があるから、タクシーを呼べる。ヘンダーソンは辺りを見回した。奴は一ブロックか二ブロック後ろにいるのか？　右手にいるのか？　近づいてくる足音が聞こえる。

ヘンダーソンは路地に入ったが、ゴミバケツにつまずき、蹴り飛ばしてしまった。バケツは耳障りな音をたてながら舗道の上を転がっていく。通りの両側の建物がまた、高く黒くのしかかってくる。星のない空は真っ黒だった。

ヘンダーソンは走り出した。通りはどこまでも続くようだった。すぐ後ろでどんどん速くなる足音が、自分の足音のこだまのように響いているのが聞こえる。彼はスピードを上げようとしたが、不意に恐ろしく疲れているのに気づいた。ついに彼は足を止めた。煉瓦作りの建物の壁に身体を押しつける。

人影が現われた。舗道の上に長く伸びたその影が壁の下までやってきた。ヘンダーソンは煉瓦の方を向き、まだ顔を隠そうとした。足音は彼の後ろまで来て停まった。ヘンダーソンはスーツケースを落とした。「いいか、ウォレス――」ヘンダーソンは言った。彼は振り向いた。

＊

ピッサーノ警部補は水を飲み終わると紙コップをつぶし、紙くず用のゴミ箱に落とした。彼は机の方に歩いていくと、頭上のランプから落ちる光の帯の中に座っているずんぐりした少年を見下ろした。

「いいか、お前、はっきりさせよう。お前は彼を尾《つ》けていき、財布を盗《と》ろうとした。そして彼が抵抗したので、刺した」

少年は顔を上げた。その顔は汚れていた。「抵抗はされなかったよ。ただ、俺のことを見て、いきなり笑い出したんだ。ずっと笑ってた。俺は黙れと言った。そう言ってやったんだ」

「それなのに彼が黙らなかったから刺したんだな」

少年はがっくりと両手に顔を埋めた。ピッサーノはテーブルに歩み寄った。テーブルの上にはスーツケース、財布、コイン数枚、ハンカチ、煙草一箱が並べられている。ピッサーノは財布を開いた。「三ドルだ。お前は彼を三ドルのために殺したんだ」

「そんなつもりじゃなかった」

「黙れ！」ピッサーノは胃がむかむかした。自分がヘンダーソンを署に連れてきていなかったら、家まで送ってやっていたら……。ピッサーノは財布をテーブルに置いた。「階下《した》に連れて行け」ピッサーノはドアの近くに立っている制服警官に命じた。「それからヘンダーソンの親族が取りにくるまで、これを全部保管しておけ」

警官は部屋を横切って少年に近づいた。「立つんだ」

ピッサーノはなんとなく指の間からコインを落とした。ハンカチを手に取って見た後、首を振る。それからスーツケースを開けようと留め金を外しはじめた。

「そんなつもりじゃなかったんだ」少年はドアの方に向かいながら言った。「あんな風に笑うなんて、あいつはきっとおかしくなってたんだ。あいつは俺を別の誰かだと思っていた。俺のことをずっと『ウォレス』って呼んでいた」

ピッサーノ警部補は黙っていた。彼は開いたスーツケースをしばらくじっと見ていた。それから少年を振り返る。その顔には何かを考え込んでいるような表情が浮かんでいた。「ウォレス……？」そうつぶやきながら彼はすべてを理解しはじめた。

ある寒い冬の日に

One Bad Winter Day

木村二郎／訳

「また子どもが生まれるんです」アルは写真を受け取った。「今度は八ミリカメラを買って、毎月撮ろうと思っているんですよ。記録のつもりでね」

カールはにこっと笑った。こいつはまったく子煩悩《ぼんのう》だな。子どもをつくり、子育ての責任を持つのはいいことだ。カールは椅子の背にもたれた。さほど悪くない日だぞ。ワイコじいさんが雪のせいで早目に店閉まいしていなければ、アルにコーヒーを買いにやらせようか。

「いつもこんなに静かなんですか?」アルがたずねた。

「雪が降れば静かだ。誰も騒ごうなんて気を起こさない。みんなすわって、お互いの顔を見てるだけだ」カールは背筋を伸ばして、あくびをした。「コーヒーを買ってきてくれないか?」

「いいですよ」アルが立ちあがると、電話が鳴った。「女房かな?」

カールが電話に出た。デンヴァーからの長距離電話だった。「もしもし?」

「あんたか、カール? エド・グルエンだ」

「やあ、どうしたい、エド?」アルはドアの手前で立ちどまると、向きを変え、ゆっくりとためらいがちに戻ってきた。

「ボビー・リーが昨晩脱獄した。そちらに向かっている」

「まさか。一人でか？」

「ああ。ラークスパーかケイレンに行くようだ。そのへんに知り合いがいるらしい。傷を負ってる。ケツを撃ってやったんだ」

カールはすわったまま前屈みになった。嫌な予感を腹に感じる。

「どんな車に乗ってるんだ？」

「四八年型のダッジ・セダン。色はグレイ。盗んだ車だ。おい、そっちじゃ誰か手を貸してくれるのか？」

カールは窓から人けのない真っ白な通りを見た。「雪が降ってる」

「知ってるよ。それで州警察は動けないんだ。今晩じゅうに誰かをそっちにやるように努めよう」しっかりした声のエドが間を置いた。「リーはコルト四五を持ってるぞ」

「誰ですか？」アルがたずねた。

「よし、エド」カールが言った。「できるだけのことはする。電話をありがとう」電話がカチッと切れた。

アルが電話の向こうから上体を近づけた。「それで？」

かっと火が燃える大きなストーヴのそばはとても暖かかった。カールは靴を脱いで、足をストーヴの上で焼きたい気分だった。それに、濃いコーヒーがあれば最高だろう。

「どうしたんです？」アルがたずねた。「誰ですか？」

「デンヴァー刑務所だ。ボビー・リーが脱獄して、こっちに向かってるらしい」どうしてそんなことを言ったんだ？　カールは思った。どうして言う必要があるんだ？　自分の心にだけとどめておけば、夕方までずっとここにいられるのに。

「本当ですか？」アルは熱心な顔つきで言った。

こいつはなかなかの男前だな。カールは思った。健康な歯に、明るい黄色の髪。こいつの女房はこいつのことをすごく愛しているはずだ。だが、どうして女房はこいつにこんな仕事をさせるのだ？　こいつはどこかの畑でも耕すか、食品工場で働いているべきだ。しかし、アルにとってこの仕事は魅力的であり、刺激的なのだ。映画やテレビでよく見かけるような法の執行機関なのだ。

「どのくらいです？」

カールは顔をあげた。「何がどのくらいだ？」

「武器ですよ」アルは弾薬室の南京錠《なんきんじょう》を外した。

カールは、三十年前その弾薬室にはいりたくてむずむずしていた自分自身をそこに見た。あのとき、年老いたベンはぐずぐずしながら含み笑いをしていた。靴下だけをはいた足をストーヴの上に載せたいと思いながら、早く春の鱒釣りシーズンになることを祈っていたのだろう。カールのほうは、実際の危険に直面することはめったにないことに気づいた。ほとんどの相手は酔っ払いや密猟者たちだ。コルト四五を持って脱獄した男に立ち向かうのはカールの役目ではなかった。「エンフィールド三八を二挺」やっとカールが言った。「それに、カービン銃も」アルがそれを持ち出したくてしようがないのを知っていたのだ。「弾丸はたくさん持っていけ」

アルは弾薬室の中にはいり、両腕に銃をかかえて出てきた。

どうして二人で出かける必要がある？　カールは思った。ボビー・リーが旧型のダッジに乗って、丘や山々を通り抜けるのをそのまま放っておこう。吹雪がやって来るというのに、やっにどんな悪事ができるというのだ？　みんな家の中にとどまっている。こんな日に表に出ているのは子どもたちだけだ。ボビー・リーが小学生に何をするというのだ？

「弾丸を装填しましょうか？」アルがたずねた。

カールはゆっくり立ちあがった。「ああ、そうしてくれ」

「あなたは何をするんですか？」

「車の調子を見てくる」カールは厚いウールのコートを着て、ブーツをつかんだ。

「調子はいいですよ。けさ来るときは大丈夫でした」

「あのバッテリーじゃわからんぞ。調べたほうがいい」

カールは階段をおりて通りに出た。バッテリーがどこも悪くないことは知っていた。あの車を摂氏零下二十度のところに一週間放っておいても、イグニッションを一度ひねるだけで動く。バッテリーは大丈夫だ。カールは突風の中を歩いた。しかし、バッテリーを調べると、時間稼ぎになる。そのあいだ、ボビー・リーが町を通り抜けたり迂回したりしてくれれば、立ち向かう必要もなくなる。

路地にはいり、旧型の乗用車に乗った。裂けたシートにすわって、ウィンドシールドに映る自分の顔を見つめた。白髪混じりの髪が年齢を反映しているのではない。首——あごの下にあるしわだらけの弛んだ皮膚が年齢を見せているのだ。しかし、格好はどうでもいい。年齢が心にもたらした変化が問題なのだ。その変化のおかげで、雪や風、デンヴァーからやって来る陰鬱な孤独な男たちを恐れるようになった。あと三週間で引退だ、と不意に思った。あと三週間だ。

リアヴュー・ミラーを見た。白いベイビー・シューズがぶらさがっていた。あのアルのやつめ。車を使わせてやると、あいつはすぐに自分のものだと思いやがる。おれ一人だったらいいんだが。あいつが背中を突っついて、武器のこととかいろいろしつこく訊かなければいいんだが。

イグニッション・キーを見つめた。けさ、アルはキーをそこに差し込んだままにしていた。カールはキーを引き抜き、手のひらの上でもてあそんだ。窓をあけて、遠くに——遠くの雪の吹きだまりにこれを放り投げればいいのだ。合い鍵は家にあるし、家まで車に乗せていってくれる人間もいないだろう。そうすれば、カールとアルは二人で悪態をつき、誰かの不注意に苛立ちながら、階上のオフィスで夕方まで過ごすことになる。ストーヴのそばで。たぶん、コーヒーを飲みながら。

「カール」アルの声だ。

カールは左右を見た。アルが顔を車の窓にくっつけていた。あいた口が窓ガラスを曇らせている。「レイクリッジ・ロードのミセズ・ハンターなんですが、今、電話がありましてね。あの男を見たらしいですよ」

「どんな車だ？」

「グレイのダッジ・セダンです。急いだほうがいいですよ」

カールは運転席のほうに動いた。「ああ。武器を持ってきてくれ」彼はキーをイグニッションに差し込んだ。

＊

二人の車は商店街のあいだを通った。商店や低い建物が並んでいる。子どもたちはあちこちの丘でそり遊びをしている。そして、車輪を危なっかしくよけながら、車にまとわりついてきた。「むかつくガキどもめ」アルが言った。カールは何も言わなかった。

車は田舎道をゆっくり走り、白い野原や山々まで伸びる長い銀色の川のそばを通った。旧式の除雪車が、クーパー町立病院へ通じる道路の雪を脇にどけている。電柱の横木だけが電話線に支えられてぶらさがっていた。

「すごくのろいですね」アルが言った。

「わかってる。こんな日には無茶な真似はしないもんだ」

「ええ。でも、もうちょっと速く走れるでしょう」

「分別があれば、来ることもなかったんだ」

アルは戸惑った目つきでカールを見た。「じゃあ、誰がこの野郎をとっつかまえるんですか?」

カールは喉から唸り声を出した。車輪が凍った上り坂でしばらく空すべりした。

「すごくのろいですね」アルが文句を言った。「急いでほしいとミセズ・ハンターは言ってましたよ」

「黙ってろ！」カールがどなった。「事故を起こしたいのか？」彼は雪の中を運転するのが大嫌いだった。寸時たりとも気をゆるせないし、道路からすべり落ちる危険性もある。「死にたいのか？」

アルはしばらく黙っていたが、やがて言った。「この男、殺人犯ですか？」

「ああ」

「誰を殺したんです？」

カールはヒーターをいじくった。「テッド・ワグナーの息子とその女房だ。リーは彼らの農家に押し入ろうとした。そして、二人とも殺した。ほかにも殺している」

アルはカービン銃の銃身に手を触れた。「この町でそんなことがあったんですか？」

「ドライヴ・インから二マイル先でな」

アルは四、五分のあいだ無言だった。「あなたはたくさんの人間を殺したんでしょう」といきなり言った。

「誰も殺したことはない」アルはおれをヒーローに仕立てあげたいのだ。ふん、そうはいかんぞ。

「どんな気持ちなんです？　人を殺すってどんなもんですか？」

「黙れ、アル。そんな話はするな」カールの両手がハンドルを握ったまま震えた。寒さのせいだ、と自分に言い聞かせた。

「すみません」アルが言った。「わかりました」

「いいんだよ」カールの頭が熱くなってきた。風邪をひいたようだぞ。万事休すだ。オフィスに残るべきだった。この天気じゃ、喉が荒れるし、肺炎になる。それに道路もひどい。事故を起こしたとしよう。町の住民たちは気にかけてくれるだろうか？

「ミセズ・ハンターの家ですよ」アルが言った。「あそこです」と道路から少し離れたところに建つ大きい家を指さした。

町は気にかけてくれるだろうか？　こんなことは、いまだかつて考えたことがなかった。

「ほら！　スピードを落として！　ここですよ」

狭いドライヴウェイにはいった。女がポーチで手を振っていた。

「あそこまで行ってください」アルが言った。「ここまで来てもらうと彼女の足が濡れますからね」

「来てもらおう」カールが言った。「歩けるんだろ？」

アルはドアをあけた。「一体どうしたんですか？」

「どうもしない。気分が悪いだけだ。調子が悪い」心配してくれ。老人を憐《あわ》れんでくれ。おれの面倒を見てくれ。おれの銃をボビー・リーのほうに向けさせてくれ。

　その女が車のほうにとぼとぼと歩いてきた。背が高く、ほっそりしていた。長いレザーコートを着て、バンダナを巻いている。「保安官？」

「電話をかけて来られたのはあなたですか？」

「ええ、わたしです」風が彼女のバンダナに吹きつけた。「あの男はあの木立ちの向こう側にいました。道路が走ってるほうに。車がエンストしたんでしょうね。ラジオであの男のことを聞きましたわ」

「どこへ行きました？」

「あっちの森のほうに。ずっと奥まで行くと、小屋が二軒ほどあります。〈パイン・モーテル〉だったところです」

「知ってます」カールがいらいらと言った。「情報はそれだけですか？」

　女はしかめ面を見せた。「ええ、まあ。ラジオでは、あの男を見かけたら――」

「そのとおり！」カールが大声を出した。「あんたはやつの居所を知っていると報告するだけだが、やつをつかまえるのはこのおれたちなんですよ。素敵でしょ？」

「あら、どういうことですの？　あなたの仕事でしょう。それでお給料をもらってるんですから」

「充分でないとしたら、どうです？　やりたくないとしたら、どうです？」

女は口をぽかんとあけ、アルのほうを見た。

「どうしたんです、カール？」アルが言った。「気分がよくないんですよ」と女に言った。「ご主人はおられますか？」

「鉄道会社に勤めてますわ。七時か八時まで帰りません」

「ほかに誰がいますか？」

「息子がいます。十四歳の」

「家じゅうの鍵をしっかりかけてください。誰が来てもドアをあけないように。電話をお借りしたいんですが」

カールが笑った。「電話が何の役に立つ。助けが必要か？」

「もちろん、やつが森の中にいることさえわかっていれば――」

「誰を呼ぶつもりだ？　誰もここまで来ない。この追跡劇はおれたちが主役なんだぞ、アル坊や」アルにそのことを教えてやると、胸がすっきりした。アルはその時点で戸惑いを感じたかもしれない。

「奥さん」アルが言った。「家に入ってたほうがいいですよ」

「誰かに連絡をとりましょうか？」

アルはカールのほうを見なかった。「結構です」カールは冷気が手袋の中やコートの下にはいり込んだような感じがして、両手をこすり合わせた。

「家に戻ってくださいよ、奥さん」アルが言った。

女はカールのほうを見ながら、ゆっくりとあとずさりをしてポーチに着いた。少年が敷居から体を乗りだして、彼らを見つめていた。

「馬鹿なガキめ」カールが小声で言った。

アルはカールの腕をつかんだ。「どうしたんですか、カール？　本当に気分が悪いんですか？」

「何を言いたいんだ？」カールにはわかっていた。よし、こいつをヒーローに仕立ててやろう。おれは車の中に残り、こいつは森の中で勇敢に立ち向かう。女房がここでこいつを見て拍手を送ってやれないのが残念だ。「おい、アル、お前はこんなことにはあまり経験がないんだぞ」

「あなたは？」

もちろん、経験はない。カールは思った。「ふざけるな。だが、狩りには慣れている。同じようなもんだ。用心しろよ」

「行きましょう」アルが言った。

「どこへ？」

アルは赤面した。「リーのいるところへ」

こいつは頭がおかしい。どうかしてるぞ。カールは思った。こいつはカービン銃を持って、森にはいって行きたいんだ。リーが待ち受けていることに気づかないのか？二人の男が葉の落ちた樹々のあいだから現われるのをリーが待っていることに。

「さあ」アルがきっぱりした声で言った。

リーにとっては、ワグナーとその女房を撃ったときよりも今回のほうが簡単だろうな。あの二人を殺すときは、暗闇の中を手探りで進まなければならなかったのだ。

「アル」カールが不意に言った。「レイクリッジ・ロードはこれだろ？」

アルは変な目でカールを見た。「そうですけど、どうして？」

「助けが見つかるぞ！」カールがどなった。「手を貸してくれる男がいるぞ！」

「誰です？」

「テッド・ワグナーだ。腕のいい狩猟家だ。それに、リーはワグナーの息子を殺した」

「助けてくれると思いますか？」

「ああ。信じてくれ」初めてリーを追跡した時にテッド・ワグナーが果たした役割について、カールはアルに話していなかった。あのとき、ワグナーは追跡隊に毛布やランタン、食べ物や馬を提供した。クーパー町のはずれにある森を捜索中、追跡隊は貴族のように扱われた。カールはあの夜のワグナーの顔をはっきりと覚えている。あのきびしい長い顔と、憎しみに燃えた灰色の目を。しかし、リーは朝早く投降してしまったので、ワグナーはイギリス製の上等なライフルを使う機会がなかったのだ。

「行ってみる」カールはアルに言った。

「どこへ？」

「ワグナーの家だ。この道を半マイル行ったところにある。彼の助けが必要だ」

アルは斜めに降る雪を見た。「気分が悪ければ、ぼくが――」

「いや。車のそばにいろ。すぐに彼と一緒に戻って来る。大喜びするだろう」

「大喜び？」

カールはアルの肩をぽんとたたいた。「ここにいるんだ。二十分待つだけでいい」

重い足取りで歩いた。風の中で何か叫ぶアルの声が聞こえた。

歩くのは大変だった。腰の深さほどの吹きだまりもある。濡れた雪が、ブーツの中でふくらはぎから足首まで流れ落ちるのを感じた。灰色の空と木立ちと雪しか見えなかった。肺炎になるぞ、と思った。だが、それでもボビー・リーの弾丸よりはましだ。

リーの弾丸さえ受けなければ、どうなってもいい。

急に死んだ女房のことを思い出した。クーパー町の教会墓地の墓石の下深く、安らかに眠っている。女房なら何と言うだろう？　馬鹿なことはしないでよ、カール。そう言うだろう。もう六十に手が届くんだし、そろそろこの仕事から足を洗う潮時だわ。あなたは十年も尽くしてきたのよ、カール。もうすぐ引退するんだから。もうやめる、あとはアルに任せる、とみんなに言ってやりなさいよ。気楽に暮らして、身体を大切に扱えば、あと十年は釣りと狩りを楽しめるわよ。

しかし、彼女が言うことはそれだけではない。まずこれを片付けなさい、と言うだろう。この事件を早く始末してしまいなさいよ。しかし、彼にはそれができないのだ。

ワグナーの家が突如目の前に現われた。こんなに近いとは知らなかった。低木や茂みのあいだを通り、よろよろと前庭の芝生を横切った。広いヴェランダには柱が立っていた。身震いして、玄関のドアをたたいた。

ドアがあき、召使いが顔を見せた。

「ミスター・ワグナーはご在宅かな？」カールが口をもごもごさせて言った。

「はい、でも……」

「誰だね、アーサー？」男が玄関の陰に立っていた。そして、ゆっくりと近づいて来た。カールは男の日焼けした顔と頑丈な体を認めた。するとたちまち安堵感を覚えた。

ワグナーはカールを見た。「きみはあのときの――」

「リー追跡隊の一人でした」カールは笑顔をつくろうとしたが、顔がひび割れるような感じがした。「よく覚えておられますな」

「こんな日にここで何をしてるんだね？」

「リーが脱獄したんです。怪我をしています。少し先の森の中にいると思うんですよ」

ワグナーは両手を慎重にドレッシング・ガウンのポケットに入れた。「そうかね？　傷は深いのかね？」

「わかりません。そうは思いませんね。やつは四五口径を持っています」悪寒が長いあいだ体じゅうを走り、カールは手を壁について、体を支えた。ワグナーは何も言わなかった。

「ミスター・ワグナー」カールはぎこちなく切りだした。「じつはですね……」

「何だね？」

カールは何も考えられなかった。身体と頭の両方が凍てついてしまったようだ。なんとかしゃべろうとするのだが、言葉が出てこない。ワグナーの顔が近づいて来たように思える。

「一緒に来てくれと言いたいのかね？」

「ええ」

背の高いワグナーは顔をしかめた。「だめだな、それは問題外だ。一緒には行けない。悪いね」

カールは自分の耳を疑った。「でも……でも、あのときは」

「あのときはあのときだ。わしは元気いっぱいだったし、かんかんに怒っていた。あれが自分の義務であると自分自身に言いきかせた。しかし、今は今だ。遠慮する」

「あなたの息子さんだったんですよ」カールは怒りが体じゅうに広かるのを感じた。

「知っているが、これはわしの役目ではない。わからんのか？　これは警察の仕事だ。あのときもそうだった。やつが投降してくれてよかったと思うこともある」

「構わないのですか？」カールは戸惑いを覚えた。広いアーチから大きく明るい部屋をのぞいた。中には年配の女と若い女がすわっている。レンガ造りの炉では火がばちばちと燃えている。

「もちろん気にはなる」ワグナーが言った。「だが、わしの仕事ではない。きみのだ」

「わたしの？」そう、もちろん、おれのだ。あんたが家族と一緒にあの暖かい部屋で過ごせるようにと、おれに手渡した仕事だ。「じゃあ、一緒には来ていただけないんですね？」

「悪いね」

突然、カールは何もかもどうでもよくなった。「どうしたんだ？　怖いのか？」

ワグナーはしばらく考えてから、ひややかな笑顔を浮かべて答えた。「きみはどうなんだ？」

カールは怒りで喉がつまった。ドアをあけてヴェランダに出た。

「おい」ワグナーが呼びとめた。「酒か何か要《い》るかね？」

「いいや」カールは芝生に立ってどなった。声はかん高かった。「何も要らないよ」

彼はなんとか雪の上を道路までたどりつき、風に向かって背を曲げた。おれがボビー・リーを追跡しようとしまいと、誰が構ってくれるんだ。電話をかけてきた女の知ったことではない。ワグナーとその家族にも関係ない。町も知らぬふりだ。アルだけが自分の義務だと思っている。アルは映画やテレビの見すぎなのだ。

カールはまた寒気を覚えたが、自分の考えが正しいとわかってうれしかった。森の中、酔っ払い用の監房、古いレンガ造りの留置所を見て三十年。しかし、もう見なくてすむ。春の河やラークスパー近くにある自分の小さいキャビンで過ごすために余生を大事にしよう。アルが何と言おうとかまわない。アルに臆病者と呼ばれてもいい。それが何だ？　車に戻って、それから家に帰ろう。もし、アルがそこにとどまって、ボビー・リーを捜したいのなら、まあ、それでもいいだろう。

むこうに車が見えた。叫んだり笑ったりしてうっぷんを晴らしたい気分だった。おれは自由なんだ。アルが何と考えようが構うもんか。

頭を低くし、風に逆らって車にたどり着くと、前部ドアをあけて体の半分を中に入れた。「アル……」と言いかけたが、アルはいない。古い車の中は空っぽだった。カービン銃もない。

「あの馬鹿が！」カールはどなった。足跡が原っぱを横切って、木立ちの中に続いているのが見えた。なんてこった、あの間抜け野郎！　それも一人っきりで。

そのとき、何かを感じた。何か、感じたくないもの。何か、これまで拒否していたもの。忘れていた責任感に苛立つほど心を引きずられるのだ。たいそうなことではない。町などにではなく、札入れにスナップ写真を持ち歩き、家に若い身重の女房がいる青二才のアルに対する責任感だ。

銃を一挺手に持ち、雪の中に立った。足跡は、雪で重くなった高い木立ちにまっすぐ続いている。ほの白い暗闇と強風に吹きさらされる木立ちしか見えない。赤いウールのマフラーを捨てた。目立ちやすいからだ。

銃身を下に向けて、木立ちの中にはいった。足跡はもう雪のために半分不明瞭になっていたが、先のほうにずっと続いていた。まだ後戻りできる。車を動かして、家に戻り、エド・グルエンに電話をして、アルが一人で追っていると伝えればいい。いや駄目だ、アルがどこへ行ったのか、ボビー・リーを見つけたのかどうか、知る必要がある。アルがまだリーを見つけていないようにとカールは祈った。リーは状況に応じてすべきことを心得ている男だ。足跡をつけずに後戻りする方法や、プロの狩猟家でも見つけられない差し掛け小屋をつくって人目を逃れる方法を心得ている。前の空地に、乗り捨てられたグレイのダッジ・セダンが見えた。

駆けだした。かつての〈パイン・モーテル〉やハイウェイに続く道路はどこか先のほうだ。すると、かつてはモーテルだった広く平らな空地と、風害で崩れた十軒の丸太小屋の残骸が目前に現われた。地面に倒れると、顔を雪につけた。もはや何も感じなかった。体は無感覚になっていた。靄《もや》のかかった空地を見た。二十ヤードも行かないところに小屋がある。確かではないが、足跡はそこに続いているようだ。しっかり目をこらして見つめると、ドアがあいたままになっているように見えた。

位置を変え、吹きだまりのあいだを這い、じりじりと小屋のうしろにまわった。そして、ゆっくりと立ちあがった。

ものすごい銃声が聞こえた。それは壊れた壁や木の幹を震わせ、冬の空に反響した。銃声が小屋から聞こえたと気づく前に、カールはもう動いていた。

走り、空地に出ると、銃を前にしてドアに向かった。ステップをあがり、ドアに肩をぶつけて、低い姿勢で中にはいった。「リー！」と叫んだ。「リー！」

その小屋には屋根がなかった。雪が腐りかけの床にはらはらと舞っている。男がドアのそばでうつ伏せに倒れていた。緑色のハンティング帽をかぶり、動かない手に四五口径を握りしめている。

カールは近づき、顔を見た。ボビー・リーだ。死んでいる。ゆっくり体の向きを変えると、アルが反対側に立っているのが見えた。

「アル！　何があったんだ？」

アルは硝煙の出ているカービン銃を壁に立てかけた。顔は寒さのために青くなっている。「五分ぐらい前にやつをここで見つけたんですよ。死んでました。尻の傷からの出血多量でしょう」

「だが、今の銃声は何だ？」

アルは黙っていた。

「あの銃声。あれは何だ？」カールはアルに近づき、彼の顔をのぞき込んだ。

「あなたが雪の中にいるところが見えたとき」アルは静かに言った。「あれは……はずみで撃ってしまったんです。ぼくはただ知りたかったんですよ、もしも……」アルの声がだんだん小さくなった。

カールは視線を落とした。何も言わなかったが、静かな安堵感を覚えた。これが最後の仕事だ。三十年間勤めあげて、もう引退だ。「おれはあしたやめるよ」

「ええ、そう思いましたよ」

「そう言ったら、気持ちがすっとしたぞ、アル。いつかお前にもわかるだろうよ」

二人は一緒に小屋を出て、足をとられながら車に戻った。雪がいっそう激しくなってきた。

幽霊の物語
Ghost Story
上條ひろみ／訳

「私が信じる霊魂《スピリッツ》といったら」ジェレミー・フレッチャーは言った。「このグラスのなかにある酒《スピリッツ》だけだよ」手のなかでバーボンのタンブラーを傾け、そこに映る明かりをしぼったクラブルームのランプを眺める。「幽霊だと証明できるもの、正真正銘のポルターガイスト現象を二十年も探し求めてきたのに、ただのひとつも見つからない。どうしてだかわかるかい？」

答えはここにいるだれもが知っていた。ジェレミー・フレッチャーが以前話したからだ。そして、彼がまた話すつもりなのは明らかだった。

「存在しないからだよ」一同の予想どおり、彼は言った。そして、酒を飲み干し、たたきつけるようにグラスを置いてお代わりを所望した。バーテンダーのバートンがすぐにお代わりを持ってきて、待ちかねている豪傑の手のそばに恭《うやうや》しく置いた。

バートンのように恭順の意を示さないにしても、クラブのメンバーのほとんどが、ジェレミー・フレッチャーという存在に、少なくとも畏怖の念のようなものを覚えていた。彼はどこまでも気さくで食欲旺盛な、巨大地震のように人騒がせな男だった。五十歳になるというのに髪はつやつやと黒く、ワインと女性に関しては一家言《いっかげん》あり、身体はボクシング選手のように引き締まっていた。もちろんクラブのメンバーは全員が裕福だったが、彼のような勢いで金を使う者はまれだった。そして、彼の艶福《えんぷく》家ぶりに太刀打ちできる者となるとほとんどいなかった。大胆にも愛人がひとりふたりいることを自慢するメンバーもいるにはいた。が、ジェレミーの場合はハーレムで、ニューヨークのパークアベニューからアカプルコまで、いたるところに愛人がいた。

残念なのは、彼が幽霊を嫌悪していることだった。

女好きのほうは大目に見られているばかりか賞賛されてもいた。が、彼が超自然的なことを口にすると、クラブのメンバーは決まって新聞に手を伸ばした。なぜかその話題となると、その話題にかぎっては、ジェレミー・フレッチャーは周囲をうんざりさせるのだ。

幽霊の正体を暴いた彼の話がおもしろくないというわけではなかった。単に同じ話を何度も繰り返すのが問題なのだ。隣人のホームムービーを延々と見せられるようなものだった。マダム・ザンダーの交霊会で、彼女の〝霊的〟エクトプラズムは実はブラジャーから取り出した光る布きれだと証明してインチキを暴いた話を、友人たちは暗記していた。ライン川沿いのホフマンの城のバーの、幽霊の出るワインセラーでの冒険の話も際限なく聞かされた。ヒマラヤ山脈で雪男を探し求めた話は、聞いているだけでへとへとになった。

話はいつもジェレミー・フレッチャーへの挑戦に行き着いた。その提案が出されるのは、たいていディナーのあと、人びとが葉巻に火をつけ、静かに会話をしている時間帯だった。内容はいつも同じだった。そして、だれもそれに応えずにいると、ジェレミーは大いに満足した。

そろそろ来るぞ、とクラブのメンバーにはわかった。ジェレミーが二杯目のバーボンを飲み干すのを見守り、咳払いをするのを聞いて、一同は顔をしかめた。

「十万ドル払おう」ジェレミー・フレッチャーは言った。「男だろうと女だろうと子どもだろうと、幽霊の存在を証明できる者に。これはかなりの大金だぞ、紳士諸君。信じられないだろうが、この二十年、だれもこの挑戦を受けた者はいない」彼は微笑み、お代わりを求めてバートンに合図した。そのとき、部屋の奥から声が聞こえた。その声は大きくもなければ、芝居じみてもいなかった。静かで几帳面な声だった。

「私なら幽霊をお見せできると思いますよ、ミスター・フレッチャー」

ほかの者たちは驚いて椅子の上で向きを変えた。挑戦者はミスター・スミスだった。新メンバーで、初めてその姿を見る者も多かった。彼は自分の席に座って、几帳面にたたんだ新聞を膝の上に置き、感じよく微笑んでいた。

ジェレミーは目をぱちくりさせた。「つまり――」

「そうです」ミスター・スミスは言った。「幽霊にご興味がおありなんですよね。私がお目にかけましょう」

「ほう」ジェレミーは微笑んだ。「その幽霊とは親しいんですか?」

ミスター・スミスは唇をすぼめた。「実は、その幽霊を追い出そうと手を尽くしています。不動産業を生業《なりわい》としているのですが、どうしても売れない家を抱えていまして」

「ほう」これはたしかな〝幽霊屋敷〟案件だぞ、と思いながら、ジェレミー・フレッチャーは言った。ミスター・スミスの席まで行き、近づいてきたバートンの手から自分のバーボンをかすめ取った。「通常、幽霊には物語がつきものです。何か逸話があるはずですよね。長年にわたってわれらの友人がいたずらをしてきたことを裏付ける、歴史的な事実が」彼はにやりと笑った。

ミスター・スミスの黒い目がジェレミーを見あげた。「実を言うと、あります。驚くべき話が。お聞きになりたいですか？」

　ジェレミーはうなずいた。彼が葉巻をくわえると、バートンが現われて火をつけた。クラブのほかのメンバーたちも集まってきた。カードルームからやってくる者たちさえいて、これはかつてないことだった。

「数年まえにいくつかの物件を手に入れました」ミスター・スミスは話しはじめた。「いつものように、一部は改修したあと売りましたが、自分のものにしたいと思った建物がありました。それは植民地時代の古い居酒屋で、十七世紀の終わりごろの火事で内部はすっかり焼けてしまっていました。私は壁をいくつか取っ払って修復し、住宅に作り変えました。そのあと事情が変わり、街に住まなければならなくなりました」

「それで、その元居酒屋を貸すことにしたんですね」ジェレミーが言った。

「そのとおりです。ですが、なかなか賃借人が居ついてくれません。引っ越して幾晩かのあいだにさまざまなことが起こるのです。賃借人は気味の悪い音を聞くことになります――女の泣き声、二階の廊下を歩く足音。実際に目にすることもあります」

　ジェレミーはうなずいた。「よくあることです」

「そうかもしれません」ミスター・スミスは細い指を組んだ。「それでも気味が悪いものです。調べたところ、トラブルはすべてドロシーアによるものだとわかりました」

「ドロシーア?」ジェレミーは驚いて眉を上げた。「女の幽霊ですか?」

「そのとおりです」ミスター・スミスは言った。「独立戦争のころ、ドロシーアはその居酒屋で女給をしていました。ワシントン将軍の補佐官のひとりであるボストンの青年と恋仲だったようです。ワシントンの部下たちは全員が彼女に言い寄りましたが、彼女はそのボストンの青年だけを愛していた。おそらくとても美しい娘だったのでしょう」

フレッチャーは鼻を鳴らした。「こういう伝説に加えられた脚色には苛立《いらだ》ちを覚えますね。二百年たっているのにその幽霊は若く美しい娘だと、賃借人たちは言っているんでしょう」

「ええ、そう聞いています」ミスター・スミスは言った。「とにかく、彼女は数カ月のあいだ恋人を待ちつづけました。陸軍は英国に対する軍事行動を再開し、恋人は隊を離れて彼女に会いにくることができなかったのです。やがて、ようやく使いの者が来ました。恋人はその夜の十二時に来るという知らせを持って」ミスター・スミスは口ひげをなで、部屋のなかを見わたした。「娘がどんな準備をしたか、紳士のみなさんに話す必要はないでしょう。彼女は身を清め、身支度をし、思いのままに誘惑する手管をひそかに練習しました。そして待ちました。いくら待っても無駄でした。その夜ワシントンは、トレントンでヘッセン人傭兵（独立戦争で英国が雇った）と戦っていたのです。彼女の恋人がやってくることはありませんでした。真夜中の数分後、暖炉の火花から居酒屋の壁に火がつきました。建物は焼け、ドロシーアは亡くなりました。おそらく」

ミスター・スミスは素っ気なく言った。「彼女は満たされないまま死んだのでしょう」

ジェレミー・フレッチャーは笑った。「とても興味深い」彼は言った。「でも、あなたは本気で私に挑戦するつもりではありませんよね？」

ミスター・スミスは大きな真鍮《しんちゅう》の鍵をテーブルの上の自分の横に置いた。「これで居酒屋の正面入り口の南京錠《なんきんじょう》が開きます。住所をお教えしましょう」

ジェレミーはその大きな真鍮の鍵を手に取り、巨大な手のひらの上で重さを量った。

「わかりました」彼は言った。「一週間ください」

彼は微笑んでいたが、クラブのメンバーたちはその瞳に炎が宿ったのに気づいた。

数日後、ジェレミー・フレッチャーは居酒屋に引っ越した。運転手は彼をそこまで送り、必需品の荷下ろしを手伝い、一週間後にまた来るようにと言われて帰っていった。必需品にはバーボン二ケースと葉巻数箱、フォームラバーのマットレス一台、最新のベストセラー三冊、自費出版本『幽霊を見せろ』、ゴルフバッグ、そして録音機材が含まれていた。

運転手とその車が通りの先に消えるまえに、荷物を片付け終え、オーク材の梁《はり》がわたされた広いリビングルームを作戦本部と定めた。そのあと、家のなかを見てまわった。

見たところ壁はしっかりしていた。廊下にも秘密の通路やスライドするパネルはなさそうだった。屋根を調べ、寸法を見積もり、風が吹きこむと女の悲鳴のように聞こえそうな開口部を軒《のき》に探した。ドスドスと床を踏んで落とし戸がないか調べ、肖像画の裏をのぞいて、ようやく時間の無駄だと判断した。そこで炭化した暖炉の薪に火をつけ、グラスにバーボンを注いだ。

酒はぬるかった。電気が切られているせいで電化製品はいっさい使えず、ジェレミーは角氷がないことを罵り、その声が窓を震わせた。やがてその音もやみ、よけいに静けさが強調された家のなかに、彼はひとり残された。

充分に暗くなってから蠟燭《ろうそく》に火を灯《とも》した。芝生の上の大きな楡《にれ》の木の下を、夜が泳ぐように流れていた。リビングルームの窓にはおぼろ月がかかっていた。ジェレミーはそのすべてを見てとると、ばかにしたように鼻を鳴らした。「これでフクロウの声でも聞こえたら」彼は声に出して言った。「くそいまいましいフクロウのひと声でも聞こえたら、そのときは――」顔をしかめ、テープレコーダーを手にした。それを持って二階につづく階段をのぼりはじめた。暗闇のなかの道行《みちゆき》のため、足元がおぼつかなかった。つまずいた拍子にテープレコーダーが手から離れ、それを取ろうとしてまえによろめき、二階の手すりにぶつかってしまった。彼は大声でうめき、そのせいで窓がまたガタガタと鳴った。慎重に手探りしたあげく、ようやく廊下のまんなかにテープレコーダーを置いて、録音ボタンを押した。「テスト」彼はマイクに向かって言った。「テスト」満足すると、暗闇に向かって言った。「どうせ何もいないだろうが、もしいるなら、音を立ててみろ、そうすれば記録に残せる」

そして、階下に戻り、安楽椅子に座って眠った。

腕時計のアラームが鳴って、真夜中に起こされた。火格子のなかの炎は弱まっていて、ジェレミーは凍えた指先をこすった。窓の外では雲がたれこめて月を隠していた。そのとき、階上からいきなり声が響いてきた。「テスト」と声は言った。「テスト。どうせ何もいないだろうが、もしいるなら、音を立ててみろ、そうすれば記録に残せる」そして、くすくす笑う声がしたあと、また静まり返った。

ジェレミーは椅子から飛び起きて、階段を駆けあがった。テープレコーダーは停止していた。先ほど巻き戻されて再生されたあと、今は動きを止めていた。

「そういうことか」彼はどなった。「だれのいたずらだ？」足を踏み鳴らして廊下を歩きながら、部屋のドアを開けていった。「懐中電灯があれば、すぐにわかることだぞ」新しい葉巻に火をつけ、両手を腰にあてて待った。

三十分後、わけがわからず、不機嫌なままリビングルームに戻った。先ほどの出来事が想像の一部ではないと示すようなことは、ほかに何も起こらなかった。彼は首を振って、火の消えた葉巻を暖炉のなかに弾き飛ばした。外では冷たい風が窓に吹きつけていた。彼は頭をめぐらせた。

暖炉の炎が燃えあがり、さっきまで彼が座っていた椅子にだれかが座っているのが見えた。

「こんばんは」そのだれかが言った。

ジェレミーはぎょっとして固まった。椅子と比べると小さく見えるひとりの娘が、折り曲げた脚の上に座っていた。見たこともない仕立てのリボンつきネグリジェ姿で、長い髪を肩におろしている。

「きみは」一瞬の間をおいて、ジェレミーは言った。「ドロシーアだな」

娘はうなずき、ふたつの青い大きな目をぱちくりさせて彼を見た。

するとジェレミーは笑いだした。最初はくすくす笑いだったが、やがて頭をのけぞらせ、壁に跳ね返るほど声を響かせて大笑いした。「これはまいった！」彼は大声で言った。それはほとんど歓喜の叫びのようだった。「まったく、ここまでやるとはな！　そうか、きみはドロシーアなんだな？」

娘は当惑して椅子の上で縮こまった。

ジェレミーは涙のにじんだ目をハンカチで拭った。そして、悪意のない様子で娘を見た。「ねえきみ、彼にいくらもらうことになっているんだい？　あいつはニューヨークのモデル紹介所か何かからきみを雇ったのか？」彼は階段まで歩いていってどなった。「おりてこい、スミス！　きみの負けだ！」

「いったいなんの話？」娘は言った。

「ああ、そうか。おそらくスミスはきみに事情をすべて話していないんだろう」彼は声を落とした。「教えてくれ、クラブのやつらもこれにかんでいるのか？」

「クラブ？　な――なんのクラブ？」

「きみとは前回の男だけの晩餐《ばんさん》会で会わなかったかな？　教えてくれ、スミスはどこだ？」

「なんの話かわからない」娘の目はますます大きくなった。「あなた、怖いわ」

「お嬢さん」ジェレミーはきっぱりと言った。「ゲームはもうやめようじゃないか。私はジェレミー・フレッチャー、ゴーストハンターだ」

娘は顔を輝かせた。「そしてわたしは幽霊《ゴースト》」

「もうわかったからやめてくれ」彼はいらいらしながら言った。「仮装は終わりだ。私はだまされない。賭けはスミスの負けだ」

彼女は口をとがらせて椅子から立ちあがった。「意地の悪い人ね」

彼は微笑んだ。「そうかもな」そして、娘をじろじろ見た。「きみはその下に何も着ていないじゃないか。寒くないのかい？」

「こんな人と話をしていいのかしら」彼女は少し考えてから言った。「ええ、寒くないわ。寒さは感じないの」

「私は寒いね」ジェレミーは暖炉を見た。火は消えていた。「ここは凍えそうに寒い。何か秘訣があるのかい？」

「さっき教えたでしょ。わたしは幽霊なの」

ジェレミーは含み笑いをして言った。「わかったよ。いいだろう。きみは幽霊だ。それなら、何か超自然的なことをやってみてくれ。壁をすり抜けるとか」

娘はぽかんと彼を見た。「幽霊は壁を通り抜けられないわ」

「たいていできるものだぞ！　それなら、空中に浮かぶのはどうだ」

「そんなことできない」

「なぜできない？」ジェレミーは執拗に言った。「幽霊ならそういうことができるはずだろう」

「どうして？」

「幽霊はそういうことをするものだからだ！」

娘は困惑して彼を見た。「幽霊を見たことがあるの？」

「いや——それはない。つまり——」

彼女は笑った。「おかしな人」

「私はおかしくなんかない！」ジェレミーは言った。つかつかと暖炉に歩み寄った。そして、ひざまずいてマッチを手探りした。

「待って」娘は彼のかたわらにひざまずいて言った。「わたしにやらせて」彼女が薪に触れたかと思うと、炎が赤く燃えあがった。

「なかなか気のきいた手品だな」彼は言った。炎で温まるのがわかった。「こうしよう。事情をすべて話してくれるなら、スミスが払うことになっている金額の三倍払うよ。そのあとふたりで愉しもうじゃないか」

娘は怒って立ちあがった。「またその話に戻るのね」彼女は椅子に戻った。

ジェレミーは彼女に近づいた。「許してくれ、別にきみを侮辱するつもりはないんだよ、ドロシー——いや、お嬢さん。ただ、このままでは私に不利なんだ。きみの気持ちを傷つけたいわけじゃない」

彼女は小さく鼻をすすった。「あなたはほかの人たちと全然ちがうわ。みんなすぐ信じたのに。姿を見せる必要もなかったくらいよ。音をたてるだけでよかった」

大きな椅子に座った彼女はひどく無力で幼く見えた。長い髪は火明かりに輝き、二本の金色のより糸となって膝にたれていた。ジェレミーは彼女を見おろし、明らかに混乱しているその様子に心を動かされた。娘のことを本気で心配していたのかもしれないが、心のどこかでネグリジェの下の豊満な肉体を値踏みしてもいた。

「感じよくするよ」彼は言った。

「約束してくれる?」

彼はうなずいた。娘は微笑むと、軽々と椅子から立ちあがり、部屋じゅうをすべるように移動しながら、激しくよろこびのワルツを踊った。「わたし、この場所が大好きなの」彼女は叫んだ。「とても古くて。あのころから古かった」彼女は踊りながら窓に向かった。「ここであの人を待ったわ。彼はとてもとてもハンサムだったのよ」

振り向いて、部屋の奥にいるジェレミーを見た。「あなたは少し彼に似ているわ。背が高いところとか。黒っぽい髪とか」

　ジェレミーは愉快になった。この娘は頭がどうかしているか、とびきりの女優かのどちらかだ。彼女を選んだスミスの慧眼《けいがん》には感謝しなければならないだろう。街に戻ったら、どうやって彼女を演劇界で後押ししてやろうか、と彼は思案した。

　彼女はくるりと向きを変えて彼のそばに行き、腕を取った。「今のあなたは好きよ。さっきはあんまり感じよくなかったけど」

「そのことを祝して飲もうじゃないか」ジェレミーは言った。そして、バーボンのボトルを出した。

「わたしが給仕するわ」彼女は言った。「それがこの居酒屋でやっていたことだもの」グラスを満たした。「ワシントン将軍のお酌《しやく》をしたこともあるのよ。あの方はアップルブランディがお好きだった」

　ジェレミーはもうこらえきれなかった。思わず笑ってしまった。「ワシントン将軍か！　傑作だな！」彼はグラスを掲げた。「これまで出会ったなかでいちばん美しいうそつきに乾杯」

　娘は傷ついた顔をした。「じゃあ……やっぱり信じてくれないのね？」

彼は娘の手を取ってなでた。「ああ、信じないね。なあ、お嬢さん、きみは魅力的な美人さんだ。私が今いちばんしたいのは、きみをもっとよく知ることなんだ。幽霊ごっこはもう終わりにして、愉しくおしゃべりするというのはどうかな？ ええ？」

「いやよ！」娘は興奮してさっと手を引っこめた。「どうすれば証明できるの？ あなたが信じてくれるなら、わたしたちいいお友だちになれるのに」

ジェレミーは精一杯父親のような笑みを浮かべた。「かわいい人、ご婦人と親しくなるたびにその人を信じていたら、私は寝る場所を失っているよ。それより――」

彼女の目が輝いた。「それだわ！」彼女は叫んだ。「あなたに証拠を見せてあげる。すごく簡単なことよ」ジェレミーの手を取った。「あなたは女の人をたくさん知っているのでしょう？」

ジェレミーは慎重に咳をした。「まあね」

「それは」彼女はわずかに頰を染めて言った。「つまり……親密な関係ということよね」

「まあ、そう言っていいだろうね」

彼女はしばし考えた。「もしわたしが、ええと、人間の女の人にはできないようなことをしたら、幽霊だと信じてくれる？」

「赤くなっているね」ジェレミーは言った。

「お願い、質問に答えて。大事なことなの」

ジェレミーは少し考えた。「もしきみがある分野で普通の女性をしのぐことができるなら、信じなければならないだろう。言っておくが」彼は付け加えた。「この分野に関して私は経験豊富だよ。きみが勝つには、この世のものとは思えないことをしなければならないだろうね」

娘はにっこりした。壁から蠟燭を取り、階段に向かった。「来て」

「どこに？」とジェレミー。

「二階に寝室があるの」彼女は言った。

彼はにやにやしながらついていった。こんなに若くてか細い娘だ。彼女に勝ち目はないさ。

名高いゴーストハンターのジェレミー・フレッチャーが十万ドル払ってミスター・スミスの〝幽霊〟屋敷を買ったと聞いて、クラブのメンバーたちは驚いた。しかも、一切合切を運びこんでそこに引っ越したという。最後にクラブを訪れた彼を目にしたわずかな者たちは、彼がとてつもなく幸せそうなことに気づいた。

そして、こう言い添えた。異常なまでに疲れている様子だったと。

ジョーン・クラブ
The Joan Club
浅倉久志／訳

タクシーの中で、ジョー・デニスは彼女の肩を抱いた。彼女は手際よく的確に体をあずけてきた。彼女の耳は彼の口もとにあり、暗がりの中でほの白く匂っていた。彼はその耳にくちづけした。「古今東西で最高の美人だよ、きみは」それは本音だった。彼は完全にしらふなのだ。

ジョーンの反応は、彼女がおせじをいわれたときにいつも見せるそれだった。是認のしるしに首をこころもち傾けただけ。愛らしい顔は無表情のままだし、ブルーの瞳もなにも明かしていない。

ふたりは彼女のアパートの前でタクシーを降りた。エレベーターが上昇し、やがてドアがひらく。ふたりは短い廊下を彼女の部屋のドアまで歩く。彼が鍵をさしこむ。「ひらけ、ゴマ」軽くいったつもりだったが、そのセリフは彼の耳におそろしく間が抜けて聞こえた。ドアが中へひらき、たった一つの柔らかいライトに照らされた彼女の部屋が、そこに現われた。彼女はドアから鍵をひきぬき、バッグの中へそれを入れた。

「あなたははいってこなくていいのよ」

「なんだって?」

彼女は手袋をはめた手を彼の腕においた。

「ジョー、今晩はたのしかったわ。ありがとう。でも、もう二度と電話をかけてこないで。かけてきてもむだよ」

「おいおい、ちょっと待ってくれよ——」彼はいいかけた。

「だめ。もう終わったのよ、ジョー。そういうことにしましょう」彼女はニッと彼にほほえみかけ、そしてドアが閉まった。彼はしばらく廊下でぐずぐずしていたのち、やっとエレベーターのボタンを押した。

月曜の朝、彼はロビーの郵便受けをあけて、たった一通はいっていた手紙の封を切った。小さな白いカードが中からこぼれおちた。

あなたを
ジョーン・クラブの週例会にご招待いたします。

本日午後一時、カクテルと昼食。

パーク・ハウスにて。


キツネにつままれた感じで彼はそのカードをしげしげと見つめてから、紙入れにしまいこみ、バスに乗りおくれまいと急いで歩きだした。

＊

パーク・ハウスは公園に面した建物で、どの窓にも厚いカーテンが下り、午後の暑さとすぐそばの噴水のしぶきから、ひっそりとさえぎられているようだった。支配人は微笑をたたえて、ジョーにあいさつした。「デニス様で？　あの奥のお席でございます」ジョーの視線は、支配人の指先を追って、奥の窓ぎわのテーブルをかこんだグループの上におちた。彼は部屋を横切り、昼食中の幾組かのカップルの横を通りすぎて、奥のテーブルに近づいた。「ここが……？」

「そうですよ、デニスさん」ひとりの男がそういって、立ちあがった。「よくきてくださいました。ハンク・ロバードです。じゃ、われわれの仲間をご紹介しましょう」

すっかり面くらいながら、ジョーはエド・ドアティー氏、ガイ・プライアー氏、ルー・ジャクスン氏と握手をかわした。相手は言いあわせたように、なんとなく面白がっているような目を彼にそそいだ。ロバードがこの会の幹事らしかった。紹介がすむと、ロバードは給仕に合図して、飲み物を注文した。

「きみはダブルにするかね、ええ、ジョー？」ロバードがいった。

「いつかの晩のあとでは、ゲン直しにそういきたいところじゃないかな？」

ジョーはだんだん腹が立ってきた。「ちょっと、ロバードさん。ぼくがとびきりカンがにぶいのかもしれないが、こりゃどういうことなんです。からかわれてるみたいで、気に入りませんな」

「あんまり気をもたせるなよ」ブライアーがいった。「われわれのことを話してやれ」

ロバードはクックックッと笑った。「いいとも」そういうと彼はジョーに向きなおった。「デニスさん、もしまちがいだったら勘弁していただきたいが、あなたは土曜日の夜、美しいが血も涙もないジョーンという若い女性から、ヒジテツを食らいませんでしたか？」

「よけいなお世話だ」と、ジョー。

「あの女は、われわれみんなにヒジテツを食わしたのさ」ジャクスンと名乗る男が、あっさりぶちまけた。

ジョーは言葉を失った。「すると、あんたらはみんなジョーンとデートを？」

「同時にじゃないがね、もちろん」と、プライアー。

「そして、めいめいがあなたとおなじ立場におかれたわけですよ、デニスさん」ロバードがいった。「いうならば、われわれみんなの目の前で、ドアがぴしゃりと閉ざされたわけ」

そこへ飲み物が届けられ、ロバードは自分のグラスを上げた。

「では、恒例により」ニヤッと笑って、「ジョーンと……新しい仲間に乾杯」

一同はグラスを干した。

ロバードがいった。「まあ、そういうわけだよ、デニス。これはこの町でも最高に入会資格のきびしいクラブだろうな」

「どうしてぼくのことがわかった？」ジョーはたずねた。

「わたしは彼女とおなじビルに住んでる」と、ロバード。「それで彼女と知りあったのさ。ここにいるブライアーは、わたしの同居人なんだ。わたしが彼女とデートして痛い目にあうと、つぎはブライアーが彼女を誘った。結果はおなじこと。そこでふたりして、彼女のデートの相手の観察にとりかかった。面白半分にね。ジャクスンがつぎの番だった。それからドアティー」

「そしてぼくか？」と、ジョー。

「そしてきみさ」と、ロバード。「ところで、本題にかかろう。つぎの犠牲者の名はレイモンド・ウォルシュだ」

「どうしてわかる？」ジョーはたずねた。

「簡単そのもの。ジョーンといっしょにいるのを見たんだよ。そこでロビーでやっこさんに声をかけ、一杯おごった」

「むこうは彼女のことをしゃべったか？」と、ジョー。

「いや。ひどく口が堅いんだ。自分では、すばらしいものをつかんだつもりでね、それをだれにも見せたくないんだろうよ」

「レイモンド・ウォルシュね」ブライアーがいった。

「そこで六人になりました、か」ドアティーがいった。

＊

ジョーンは枕から頭を上げて、レイモンド・ウォルシュを見つめた。男は目をなかば閉じて、タバコをふかしていた。彼女は彼の肩に腕をまわした。「こんなことをしたのは、わたし、ほんとにはじめてなのよ。わかってくれるわね？」

ウォルシュは彼女の手を横にどけた。ベッドの上に起きなおると、腕時計に目をやった。「そろそろ失礼するよ、ジョーン」

「あら、だめよ」彼女はいった。「朝までいてちょうだい。おいしい朝食をこしらえてあげる」

彼はしばらく無表情に彼女の顔を見つめた。それから立ちあがって、ワイシャツを着はじめた。

「わかってくれないのね」彼女はいった。「あなたが最初なのよ。ほかの男たちは、この部屋にいれもしなかったのよ」

「どうして？」彼はズボンに足をとおしはじめた。

「わたしが中に入れてやらなかったからよ。ドアの外でおひきとりねがったの。あなた以外はぜんぶ。むこうはみんな欲しがっていたのよ、わたしがあなたにあげたものを。でも、わたしが欲しいのはあなただけ。愛してるわ！」

彼が上着を拾いあげるのを見て、彼女はベッドをとびだした。一糸まとわぬその体は、まるで生きた雪花石膏《アラバスター》のようだった。「ねえ、まさか帰るつもりじゃないでしょう？」

「帰る」

「じゃ、おねがい。また電話してくださるわね？」

彼はドアをあけた。「それはどうかな」

「レイ！」彼女は呼びかけたが、もうドアは閉まったあとだった。

月曜の朝、郵便受けの中に、彼女は自分あての封筒を見つけた。中には小さな白いカードがはいっていた――

あなたを
レイモンド・クラブの週例会にご招待いたします。
本日午後一時、カクテルと昼食。
パリカフェにて。

愛しい死体
Dear Corpus Delicti
上條ひろみ／訳

チャールズ・ロウは妻のヴィヴィアンを見おろした。横向きに倒れ、首の下のシルクスカーフの結び目が小さな赤い花のようだ。口の近くに手を当ててみたが、もう息はしていなかった。

腕時計を確認した――時間はまだたっぷりある。

慎重に妻を避けて、フレンチドアを開け、石敷きのテラスに出た。イーストリバーからの微風で涼み、額の汗を乾かした。少しのあいだガラスドアにもたれて気持ちを鎮めてから、背後のドアを閉めた。

テラスの縁の手すりの近くに植木鉢が並んでいた。妻が買って、毎朝水やりの儀式をしていたものだ。ロウはひとつ手に取り、重さを確かめると、ドアのほうに戻った。軽くぶつけただけでガラスパネルの一枚が割れ、書斎の床でガラスのかけらがきらめいた。

植木鉢をもとに戻し、フレンチドアを少し開けたままにして室内に戻った。あとは妻のバッグを見つければ準備は完了だ。妻はバッグをどこにしまっているのだろう？結婚して六年になるが、そんなことも知らなかった。

書斎と寝室をさがしたあと、玄関脇のテーブルでそれを見つけた。よし。いいぞ。これでほぼ完璧だ。

明日の朝メイドが来て、書斎で妻の死体を見つける。単純な強盗殺人に見えるだろう。泥棒がこっそりテラスを這いのぼって侵入した。だが、ヴィヴィアンに見つかり、スカーフで首を絞めた。バッグを盗んで逃げた。

ロウは小さく口笛を吹き、財布を開いた。航空券が二枚。いちばん重要な部分はこれからだ。タン色のレインコートのボタンをはめて財布をしまい、玄関扉のまえに立った。

明かりを落とした書斎から、投げ出された妻の手が見えていた。結婚指輪がきらめいた。

ロウは深呼吸をひとつしてアパートメントを出た。

外に出てテラスを見上げたが、闇にまぎれて見えなかった。通りに出てタクシーをつかまえた。「九十六番通りとウエストエンドの角まで」と運転手に告げた。

タクシーを降りるとさっきより寒くなっていた。濃い川霧が街灯をにじませていた。いったい彼女はどこだ？　六時ちょうどにと言ったのに。

腕時計を見ながら、ホテルの日よけの下でいらいらと待った。妻はいつも時間に正確だった。スーはいつも遅刻する。妻は何ごともてきぱきこなし、男と同じくらい信頼できた。スーはのんびりしていて子どものように頼りにならない。

不意にロウは微笑んで顔を上げた。向かい風にブロンドの髪を乱しながら、スーが通りを渡ってきた。

「待った？」彼女は息を切らしてきいた。

「ああ、いつものようにね。でも問題ない」

「早めのバスに乗ろうとしたんだけど、そのバスは停まらなかったの。あたし、知らなくて――」

ロウは彼女の唇に指を当てた。

「いいんだよ。時間はたっぷりある。だから心配するのはやめなさい」

スーの腕を取って通りに導いた。「眼鏡は忘れたのか？」

「眼鏡？」

「おいおい、スー、何度も言っておいたじゃないか。サングラスだよ。それじゃ買いに――」

「それならあるわ」彼女は言った。「読書用眼鏡のことかと思ったのよ。あれは読書のときにしか使わないから」

ロウはやれやれと首を振った。「かけなさい」

黒眼鏡をかけたスーをじっと見た。こうするとヴィヴィアンに似ている――小柄で均整のとれた体つきに、ブロンドの髪。ぱっと見なら充分だませる。重要なのはその点だけだった。

「どう?」

「元妻のようだ」

彼女の唇が震えたが、眼鏡の奥の目は見えなかった。

「チャールズ、あなたほんとに――?」

「そのことは話さないと決めたはずだ。覚えているか?」

スーはうなずいた。

ロウは手を上げてタクシーを呼び、彼女を乗せた。運転手はハンガリー名であやしげな英語を話した。これまた運がいい、とロウは思った。

「アイドルワイルド空港(現在のジョン・F・ケネディ空港)まで。できるだけ急いでくれ」

　スーは隣でちぢこまっていた。手を重ねてきた。「ほら」と言って、ロウはヴィヴィアンのバッグをわたした。

「何これ？」

「中に身分証が。航空会社のカウンターで本人確認のために必要になる。もう質問はするな。やるべきことは教える——その都度」

　スーは彼の肩に頭を預け、顔を見あげた。「やめたほうがいいのかも」とささやく。「チャールズ、これって恐ろしいことだわ。あたしたち——」

　ロウは顔を寄せて、彼女にキスした。「もうはじめてしまったことだ。最後までやらないと。さあ、気を楽にして」

　彼女に腕をまわして窓の外のハイウェイを見た。交通量は少ないにもかかわらず、タクシーのスピードは制限速度をかなり下回っていた。「急いでくれ。もっとスピードをあげるんだ」

　すぐにビル群から抜けた。ショッピングセンターを通りすぎ、広い並木道を進んだ。霧でぼやけた街灯が飛び去った。頭上を巨大な旅客機が、翼の先端を点滅させながら轟音《ごうおん》をあげて通りすぎた。

「あとどれくらい？」スーがささやいた。

「数マイルだ」

数分後、広大な離着陸場の敷地に入った。黒い空ではさらに多くの飛行機が旋回し、離陸していた。

「トランスコンチネンタルの建物で降ろしてくれ」彼は運転手に言った。

窓の外を建物の集合体が流れていくあいだ、彼は落ち着きながらも警戒を怠らずに座っていた。タクシーは車列をまわりこんでまえに出ると、メインエントランスに向かった。エントランスのドアの前で、ようやくタクシーはタイヤをきしらせて停まった。運転手が笑顔で振り向いた。

ロウは料金を払い、スーをタクシーから降ろした。

「チップをはずんでおいた。私たちを覚えていてくれるだろう」

空港ターミナルはまばゆい明かりに照らされ、混み合っていた。ロウはエントランスをはいったところで立ち止まり、スーに身を寄せた。「よし。ここからはきみの出番だ」

「どういうこと?」

「カウンターに行ってチェックインするんだ。預ける荷物はあるかときかれたら、ないと答えろ」

スーは目をぱちくりさせて彼を見た。「でも――あたし、どうすればいいかわからない。こんなのやったことないもの」

「簡単だよ、係の人が全部やってくれる。さあ、行った行った」

少し気の毒な気もしたが、彼女の腕をつかんでまえに押し出した。彼女は心細そうに振り返ったあと、まえを向き、カウンターに急いだ。

ロウは空港の時計を見やり、自分の時計と見比べた。離陸時間まであと三十分。彼は煙草を取り出した。

「チャールズ！」

声がターミナル内を切り裂いた。すばやく顔を上げる。スーが顔面蒼白でカウンターに立ち、彼を見つめていた。そこにいる全員に見られているのを感じた。「どうした？」と叫ぶ。

「航空券！」

彼は急いでカウンターに行った。空港係員は微笑んでいた。

「ああ、そうだった、きみにわたすのを忘れていたよ」どこまでも落ち着いた手つきで財布を取り出し、二枚の封筒をカウンターにすべらせた。

係員は航空券を調べ、電話で確認を取ると、ロウに小さなカードをよこした。「搭乗のとき、スチュワーデスにおわたしください。ありがとうございます、お客さま。楽しい空の旅を」

ロウはうなずき、カウンターに背を向けた。スーの腕をしっかりつかみ、ラウンジのほうへ連れていく。

「あたし、大丈夫だった？」

「いいぞ。よくやった」

「どこへ向かってるの？」

「ラウンジだ。一杯飲んだほうがいい。必要なはずだから」

＊

ふたりは駐機場に出るゲートに立っていた。二杯の酒のせいでロウは酔っていた。眠気を覚え、興奮はさめていた。スーは顔が赤く、熱があるかのようだった。

「チャールズ」彼女は陽気に言った。「あたし、なんだか——ちょっと飲みすぎたみたい……」

「大丈夫だ。そのほうがいい」

ロウは彼女の腰に腕をまわした。彼女はすっかりリラックスしており、宙に浮いているようだった。

　ゲートが開き、ふたりは乗客の波に押された。航空会社の案内係の先導で、夜の滑走路を歩いた。

　ロウはスーの腕をにぎる手に力をこめた。「何をすればいいかわかるかい？」

「あたし……よくわからない」

「座席についたらすぐ、私たちは口論をはじめるんだ。大声で――みんなに聞こえるように。だがきみの怒りは収まらない。それどころか席を立って飛行機から降りるんだ」

「でも、口論することなんてある？」

「それは問題じゃない。私が口火を切るから。きみはそれに合わせればいい」

　冷たい風がわずかな雨を運んできて、ふたりを揺さぶった。前方には長い銀色の機体が、暗闇の中で濡れて光っていた。

「飛行機を降りたら」ロウは言った。「そのあときみはどうする？」

「タクシーでまっすぐうちに帰る。そして週末じゅううちにいる」

「そうだ。だれにも電話するな。私は月曜日に戻る。きみに会いにいくようにするよ」

「電話してちょうだい、チャールズ。お願い。あなたからの電話がなかったら、どうやって週末をやりすごせばいいのかわからない」

「できたらね」

タラップに着き、ロウは最初の段に足をかけるスーに手を貸した。雨は今や烈しい突風をともなって降りはじめていた。スチュワーデスが扉に立って、職業的に微笑みかけた。

「いい天気だね」ロウは皮肉っぽく言った。

「ニューヨーク上空だけです」スチュワーデスは言った。「離陸すればすぐに晴れます」

「よく聞く言葉だ」ロウは彼女に微笑みかけ、機内にはいった。

スーは歯をかちかち鳴らしながらレインコートを脱いでいた。「寒けがするわ」

「コートは着たままのほうがいいかもしれないな」彼はコートを開いて彼女に着せかけた。「きみは通路側に座るんだ」とささやく。

ふたりはクッションのよくきいた座席に座った。さっきとは別のスチュワーデスが通りかかって、ふたりの席にかがみこんだ。「離陸後すぐにホットコーヒーをご用意できます」

「いいね」ロウは言った。「もらおう」

　彼は明るく細長い機体を見わたした。飛行機はほとんど満席だった。乗客たちは通路に立ち、旅行かばんを持ちあげて棚に入れては、温かい座席に引っこんで座っている。雨が窓をたたき、駐機場をぼやけさせていた。

「チャールズ」スーが言った。「あたし、怖いわ。こういう天気のときに飛行機に乗るのは好きじゃないの」

　ロウは冷ややかに彼女を見た。「いつだって文句ばかり。いいかげんもううんざりだ」

　スーは驚き傷ついて見返したあと、彼がこれから何をするつもりなのかに気づいた。

「そもそもおまえは一緒に来たがらなかった」彼は大声でつづけた。「もう私とは何もしたくないんだろう」

「そんなことないわ！」

「よく言うよ」彼は前方の席にいる老人が振り返るのを見た。「おまえが私に求めるものといったら金だけじゃないか。やれ服を買いに行く、劇場に行く——うちを離れられるならなんでもいいんだ。私より友だちと過ごす時間のほうが多いじゃないか」

　スーは泣きだした。すばらしい、と彼は思った。そのままつづけるんだ。みんな見てるぞ。

「気分を変えていっしょに旅行に行けば、またお互いを知ることができるかもしれないと思った。それなのにおまえはいっしょに来るのもいやがったんだ！」

スーは座席から立ちあがった。「ええ、いやよ」泣きじゃくりながら言った。「行くつもりはないわ！」

「上等だ！　帰れ。友だちのところにでも行くんだな。私はいっこうにかまわない」

ロウは彼女を見た。「何をぐずぐずしている？」

彼女は急いで飛行機の後部に向かった。鋭いはっきりとした声が機内じゅうに響きわたった。「あたし、降ります」

「ですが奥さま」スチュワーデスが言った。「もう離陸準備にはいっておりますので」

「かまわないわ。降ろしてちょうだい！」

ロウは顔を窓に向けた。後方からくぐもった話し声とさらなる泣き声が聞こえてきた。乗務員が扉を開けて雨の中に何やら叫んでいた。

スチュワーデスが彼の座席にやってきた。「ミスター・ロウ」と静かに言った。「奥さまを説得してみます。おそらく――」

「いや」彼は苦々しく言った。「妻が出ていきたいならそうさせてくれ。私はかまわない」

スチュワーデスは厳粛にうなずいて歩き去った。ロウは窓の外を見た。アルミニウムのタラップがまた扉に取りつけられようとしていた。鋭い音がして、機体にタラップが接続された。

ロウはスーがタラップを降りて係員の傘の下にはいるのを見た。彼女は涙のあとがついた淋しそうな顔で、少しのあいだ彼のいる窓を見あげたあと、背を向けて去っていった。

ロウはやわらかなクッションに頭をもたせかけた。完璧だ。少なくとも二十人の乗客が、怒って夫を残し、ターミナルに戻ったミセス・ヴィヴィアン・ロウを目撃した。このことから、警察は大まかなタイムテーブルを作成するだろう。彼女はアパートメントに戻り、ちょうど家宅侵入中の泥棒に遭遇した。泥棒は彼女を殺して逃げた。そのとき夫は？　どこにいた？　何千フィートも上空で、妻の態度に憤慨《ふんがい》していた。完璧な、実に完璧なアリバイだ。

心やさしい思いやりのあるスチュワーデスがまたそばに来た。「あと数分でコーヒーをご用意できます。お飲みになりますか？」

「ああ」彼は言った。「たっぷりたのむ」

＊

のんびりとした平穏な週末だった。ロウはモントリオールから数マイルのところにあるハンティングロッジで過ごした。ほとんどの時間、休暇中のビジネスマンたちとブリッジをしたり、釣りをしたり、芳醇《ほうじゅん》なカナディアンウィスキーを飲みながら政治について議論していた。心地よい二日間の休息のあと、妻の不幸な死を知らされるために帰宅しなければならないのが残念だった。

ニューヨークに戻る機中、ロウは新しい生活に思いをめぐらせた。邪魔者は消え、自由に旅行できるようになり、妻の浪費癖からも解放される。もちろんスーはいるが、これからはいっしょにいてやれる。いずれ結婚することになるだろう。彼女は従順だ。重荷にはならないだろう。

窓の外を見た。飛行機はアイドルワイルドの上空を旋回中で、長い降下をはじめていた。安全ベルトのサインが赤くともった。飛行機がごくわずかに前傾し、ロウは微笑んだ。

その後、空港のグリルでステーキサンドイッチとビールの食事を取った。食べながら《タイムズ》を読んだ。急いでもしかたがない。この二日間、世界ではほとんど何も起こっていないことに驚いた。

　街に戻るときも、タクシーの運転手に急がなくていいと言った。顔に陽射しを受けながらの、長くのんびりした道中となった。「こうでなくちゃ」と運転手は言った。「最近じゃだれもが急ぎすぎなんですよ」

「みんな休むことを学ぶべきだな」ロウはゆったりと言った。「のんびり生きなきゃ」

　アパートの建物のまえでタクシーを降りた。ドアマンは電話中だった。いいぞ、とロウは思った。口先だけの慰めのことばなどかけられたくない。無人のエレベーターに乗って住まいのある階まで行き、ゆっくりと廊下を進んだ。

「ミスター・ロウ？」

　ドアのまえでポケットから鍵を出そうとしていたロウは振り向いた。「そうですが？」

　これといって特徴のない小柄な男が階段室の近くに立っていた。帽子を手にしてまえに進み出る。

「フィッシャー警部補です。四十五分署の」

　ロウは眉をひそめた。ほう、おいでなすったか。それらしい反応をしなければ。

「なんのご用でしょう、警部補？」

「実は、悪いお知らせがあります、ミスター・ロウ。週末じゅうご連絡しようとしていたんですが、あなたは街を離れていると勤務先でうかがいまして」

ロウは微笑んだ。「ええ、モントリオールにいました。釣り旅行です。医者の勧めでね」

ドアマットを見おろした。その下にはさまれた紙切れが縁からのぞいている。かがんで拾いあげた。

「奥さんのことです、ミスター・ロウ。奥さんは――金曜日の夜に亡くなりました」

ロウは顔を上げなかった。紙切れをじっと見ていた。心臓が破裂しそうだった。

それはメイドの殴り書きのメモだった。〝ミセス・ロウへ――妹が病気なのでうかがえません。代わりに火曜日に参ります〟

フィッシャー警部補は帽子をいじった。「空港からタクシーで帰宅する途中でした。家具運搬用トラックと衝突して……」

茫然《ぼうぜん》としたまま鍵を回し、ドアを押し開けた。玄関に立って、書斎に目を向けた。

「タクシーに奥さんのバッグがありました」フィッシャーはつづけた。「それで身元が判明して……」

ロウはめまいを覚えた。書斎の戸口の、投げ出された手を見つめた。フレンチドアからの陽射しに結婚指輪が光った。

「いくつかお話しすることがあります」フィッシャーは言った。「お時間は取らせません」そして、凍りついたロウの顔を見た。「はいってもよろしいですか?」

ジェシカって誰？

Who Is Jessica?

高橋知子／訳

ある日、ミセス・レノア・ダニングは夜中にふと目がさめ、もう一度眠ろうとしたものの寝つけなかった。ドレッサーの上に置かれた夜光性の時計を見ると、三時近かった。時計の立てるカチカチという大きな音が耳に障《さわ》った。夫のアーサーはひっきりなしに寝返りを打ち、しばらくの間、何やら寝言を言っているようだった。彼女は耳を傾けた。アーサーは寝返りを打ってあお向けになると、ボソボソとつぶやいた。

「ジェシカ……ジェシカ……」そこで寝言は終わり、彼は夢の世界の奥深くへ潜った。

ミセス・ダニングは頭が混乱したが、やがて眠りに落ち、朝、目がさめたときには夜中の出来事を忘れていた。その日の夜も同じことが起きた。

彼女は寝支度をし、黒っぽい長い髪を梳《と》かしていた。その夜、アーサーはいつもより早めに床にはいり、ダブルベッドでぴくりともせず眠っていた。突然、彼は寝返りを打ち、小さな声を洩らしはじめた。鏡のまえにいたミセス・ダニングはベッドに駆け寄り、彼を見おろした。アーサーは湿っぽい唇を上下に開き、寝言を言っていた。ミセス・ダニングは上体を折り、夫の動いている口に耳が触れるほどまでかがんだ。「ジェシカ」彼は言った。聞き間違えようのないほどはっきりと。そのあとしばらく、彼の顔――ジェシカの名前を口にしたばかりだ――は、この上なく満足そうだった。

その夜、ミセス・ダニングはろくに眠れなかった。翌朝、夫より早く起き、メイドを手伝って朝食の用意をした。テーブルが調《ととの》うと椅子に腰かけ、コーヒーを飲みながら苛立たしげに煙草を吸い、考えにふけった。ジェシカ。もちろん、女だ。それもつき合いだして間もない若い女。夫は夢に見るほど、その女にのぼせあがっている。

もう、どういうこと！　と彼女は思いながら、灰皿で煙草の火をもみ消した。なんなのよ！　彼女は泣きたくなったが、メイドがそばにいたので、ぐっとこらえた。

しばらくするとアーサーが降りてきて、細長いテーブルについた。ついで彼女に微笑みかけ、オレンジジュースを飲んだ。「今朝の気分はどうだい？」彼は尋ねた。

ミセス・ダニングは薬瓶から薬を二錠取り出すと、コーヒーで飲みくだした。「昨日よりちょっといいわ」彼女は言った。

メイドは毎朝、新聞をアーサーの席のそばに置いていた。彼はそれをつかむと、さっと開いた。「きっとその新しい薬でよくなるさ」彼は言った。「ドクター・ウィンストンは自分の仕事を心得ているようだし」

「あの先生を信頼していいかどうかわからないわ」彼女は不満ありげに言った。「かなり若いでしょう。若い医者って経験が浅いじゃない」

アーサーを見ていると、彼は新聞を持つ手をあげた。顔が新聞に隠れ、耳しか見えなくなった。今だわ、と彼女は思った。「アーサー？」彼女は言った。

「なんだい？」

「ジェシカって誰？」

アーサーの眉がわずかにあがった。彼はぽかんとした顔で新聞を下におろした。

「誰だって？」

「ジェシカ」彼女はもう一度言った。

アーサーは記憶を探るかのように眉根を寄せた。「ジェシカという名前に心当たりはないな。どうしてだ？　私が知っているはずの人かい？」

「ちょっと訊いてみただけよ、アーサー。あなた、ゆうべ、寝言でジェシカって言っていたから」

彼は笑って、新聞をテーブルに置いた。「まさか」彼は言った。「誓って言うが、生まれてこのかた、ジェシカという名前の知り合いはひとりもいない。いったいどうして私が寝言でそんな名前を言ったのか、見当もつかない」彼は屈託のない笑みを彼女に向けた。「私のほうがドクター・ウィンストンに診《み》てもらったほうがよさそうだな」

ミセス・ダニングが何も答えないでいると、アーサーはまた新聞を読みはじめた。うまく言い逃れたわね。彼女は苦々しく思った。どれだけ多くの男がそうやって何食わぬ顔をして嘘をつけることか。あなたはこの八年、嘘を積み重ねてきた。彼女はまた泣きたくなったので、リヴィングルームへ行き、煙草をふかした。

数分後、アーサーがコートとブリーフケースを持ってリヴィングルームに現われた。

「どうしてこんなに早く仕事に行くの？」彼女は訊いた。

「ポールと一緒に確認しなければならないことが二、三あって」彼は言った。「ほかの者たちより先に仕事を始めるほうがいいしね」彼の唇が彼女の頬に触れた。「今夜、ゴードンのうちに行くのはどうだ。何週間もまえから誘われている」

彼女は首をめぐらせ、窓の外を見やった。「行けそうなら。わたしの具合しだいね」

「わかった」彼はドアへ向かった。「少し太陽の光をあびなさい、レノア。庭師に、寝椅子を外に出すよう言っておこう。そこで休むといい」

ミセス・ダニングがあいまいにうなずくと、彼はドアを閉めた。彼女は夫が石畳の小道を進み、芝生を横切って庭師のいる小屋へと向かうのを目で追った。雇って間もない庭師は寝椅子を外に出すよう言われるだろうが、きっとわざと忘れる。メイドに負けず劣らず怠け者なのだから。どうしてメイドも庭師もわたしに意地悪をするのか？　わたしが具合がよくないとわかっているのに、どうしてふたりとも故意に人を困らせることをするのだろう？

夫婦共有のブルーのキャデラックが私道を進み、通りへ出ていった。その途中で、アーサーは窓辺にいる彼女を見やり、笑顔で手を振った。彼女は手を振り返すことはしなかった。車は滑るように一ブロック進み、視界から消えた。

ミセス・ダニングは窓から離れた。まだ朝の九時半だった。煙草はほとんど吸ってしまったし、メイドは煙草を持っていなかった。頭はすっきりせず、腰に痛みがあった。彼女は椅子に体を沈めた。

詮索する声が彼女に問いつづけていた。ジェシカって誰？　美人なの？　若くて健康？　どうしてあなたがその名前を言ったら、アーサーは逃げるように仕事に行ったの？

ミセス・ダニングは急にベッドルームに行きたくなった。そんな必要はないとも、自分をいじめるだけだともわかっていたが、我慢ができなかった。

彼女は鏡にうつる自分の顔を眺め、燦々《さんさん》とさしこむ太陽の光のなかで、しげしげと見つめた。髪には白いものが混じり、目の下の皮膚はたるんでいた。三十九歳だったが、鏡にうつる顔は五十歳だった。夫が自分に飽きて、ほかの女に惹かれても不思議ではなかった。しかし、怒りが悲しみに取って代わった。あの人にわたしをほったらかしにする権利などない。老けてきたかもしれないけど、だからといってジェシカとやらとつきあう理由にはならない。

　ミセス・ダニングは一本残っていた煙草に火をつけ、ベッドに腰をおろした。わたしが離婚に応じないことは彼もわかっている、と彼女は思った。わたしを殺すつもりかもしれない。その思いに彼女は心がざわつき、心臓が早鐘を打ちだした。まさか、彼がそんなことをしようとするはずがない。そんな度胸があるわけがない。

　彼女は立ちあがり、ベッドルームのドアを閉めた。メイドが階下の廊下に掃除機をかけはじめていた。掃除機の立てるブーンという高い音が家中に響いた。わたしを殺すですって！　その思いに、寒気がとまらず、目まいもおさまらなかった。アーサーがドクター・ウィンストンと計画を立て、ドクターに金を払って、毒入りの薬を処方させたかもしれない。いや、それはありえない。いまの薬を服《の》みはじめて一週間になるが、何も起きていない。でも遅効性の毒、二週間か、あるいは何ヶ月も先に効いてくる薬かもしれない。腰に痛みが走った。やめて。彼女はうめいた。きっと薬のせいだ。だが、じきに痛みはひいた。彼女は震えながらベッドに横たわった。また目まいがし、睡魔に襲われた。

電話が鳴った。電話はベッド脇のテーブルにあり、その音で彼女は飛び起きた。階下でメイドが電話に出るのを待った。

「奥さま？」階下からメイドの声がした。「旦那さまからです。お休みになっていると伝えましょうか？」

「いいえ」ミセス・ダニングは答えた。「出るわ」そう言って受話器に手を伸ばした。

「もしもし、アーサー？」

「気分はどうだい？」彼は言った。

どうして電話をかけてきたの？　と彼女は訝しんだ。午前中にかけてくることなど一度もなかったのに。「ううん――あまりよくないわ」彼女は言った。

「どんな具合なんだ？」本気で心配しているようだった。

「目まいがするの。それに頭も痛くて」

「ドクターに連絡したらどうだ。どうすればいいか言ってくれるだろう」

「いいえ、じきによくなるわ」彼女は言った。「そんなにひどくないから」

「ええと、実は、申し訳ないことが……」

一瞬にして、彼女は神経を尖らせた。「どうしたの？」

「今夜、出張がはいったんだ。メキシコ・シティまで。問題が起きて、ポールが私に、できるだけ早く向こうに行ったほうがいいと」

とうとう一線を越えたのね。「アーサー」彼女は言った。「メキシコに行くのはいつも秋でしょう。この八年、いまの時期に一度も行っていないじゃない」

「ああ、でも緊急事態なんだ。取引しているディーラーのひとりが、うちの競争相手と手を組みたがっていて。いい人なんだ。うちとしては彼を失いたくないんだ」

「ポールに行ってもらえばいいじゃない」彼女は言った。「彼なら対処できるでしょう」

「それは無理だ。そのディーラーを直接知っているのは私だから、私が行かないとだめなんだ。何日もってわけじゃない。明日の夜には戻ってくる。着がえもいらないくらいだ」

「いやよ、アーサー」彼女は言った。「家でひとりきりになるもの」

「レノア、頼むよ」彼は言った。「これまでもひとりになったことはあるだろう。メイドだっている」

「いやよ」彼女はまた言った。

「ハニー、子どもみたいなことを言わないでくれ。ドアには鍵もチェーンもついている。うちのあたりでは、もう何年も強盗事件は起きていない。夜はミルクでも飲みながら、テレビを観ていたらどうだ？」

「アーサー、わたし――」

アーサーは最後まで言わせなかった。「一日だけだ、レノア。この先一生じゃないだろう？」

「ええ、でも――」

「すぐに帰ってくる。夜、空港から電話するよ」

「わかったわ」彼女は何を言っても引きとめることはできないと悟って、弱々しい声で言った。

「あ、そうだ、レノア」彼は言った。「あの名前を思い出した。ジェシカを」

彼女は体をこわばらせ、受話器を握りしめた。

「私が寝言で言った名前。あれは戦時中、私が飛ばしていた飛行機の名前だ。B－17、なんらかの理由で、〝ジェシカ〟と呼ばれていた。誰かの奥さんの名前だったか、恋人の名前だったか、よく覚えていないが。これで納得したかい？」

「ええ」彼女は蚊《か》の鳴くような声で言った。

「空爆の任務にあたっていたときのことを思い出していたんだろう。仲間と一緒にまた空を飛んでいたんだよ。古きよきジェシカ、実に優秀な爆撃機だった」間があった。「そろそろ行かないと。ドアにはちゃんと鍵をかけておくように。そうすれば大丈夫だから。髪を梳かして。あっというまに時間が過ぎる。いいかい？　じゃあ」

カチリという電話が切れる小さな音がした。彼が受話器を置いて、顔にうっすらと笑みを浮かべるのが見える気がした。おそらくまたダイヤルをまわしているだろう、ジェシカの番号を。

ミセス・ダニングはベッドに腰をおろした。なんて馬鹿げた話なの。戦時中に飛ばしたB－17ですって！　時間をかけて、もっともらしい嘘を考えることさえしないなんて、油断がならなくなってきたわ。

彼女は階下に降り、雑誌を読もうとしたが、神経が昂《たか》ぶって読むことができなかった。メイドに昼食の用意は必要ないと伝えると、書斎にはいった。窓は大きく開かれ、太陽の光がカーペットに太く明るい筋をつけていた。ミセス・ダニングはこめかみを手で揉むと、窓を閉め、厚手のカーテンを引いた。室内がうっすらと暗くなった。彼女はアーサーの革の椅子に坐《すわ》ると、椅子の背に体をあずけ、気を落ち着かせようとした。

あの人は戦時中、どこに駐留していたのだったかしら？　当時はまだ知りあっていなかったけれど、基地の話はたびたび聞かされている。イングランド。そうよ！　イングランドのハンブルドン空軍基地。まだそこに軍用飛行場があるのだろうか、古い爆撃機もまだ置いてあるのだろうか、と彼女は思った。

卓上スタンドをつけると、電話帳をめくった。〝米国空軍〟という文字の下にずらりと電話番号が並んでいた。彼女は適当な番号を選んで、電話をかけた。

「もしもし？」感じのいい若々しい声が応じた。

「お訊きしたいことがあるのですが」ミセス・ダニングは言った。「第二次世界大戦中、夫が空軍に所属していたのだけれど、彼が乗っていた飛行機の名前を知る手だてがないかと思って」

「ご主人が乗っていた飛行機の名前ですか？　どういうご用件かはかりかねますが」

一瞬、頭が真っ白になった。ややあって、ミセス・ダニングはさりげない口調で言った。「ええと、夫の誕生日なの。シルバーのライターをプレゼントに買ったのよ。彼が従軍中に使っていたのと同じタイプのものを。もしそれに、彼がかつて乗っていた飛行機の名前を刻んだらすてきじゃないかと思ったの」

「それでしたら、おそらくどこかのファイルに載っているはずです。当時の飛行機もいまとなっては時代遅れですけど、リストはあるはずです。ワシントンにあたってみるといいですよ。それか、ご主人が駐留していた基地に問いあわせるか」

「でも、イングランドなの」ミセス・ダニングは言った。きっと、名前がわかるまで何週間もかかってしまうわ」

「それは残念ですね。でもそれが最善の方法でしょう。でなければ──そうですね、飛行機の名前を知りたいならば、ご主人にお訊きになればいいのでは?」

ミセス・ダニングは受話器を架台に戻した。お役所仕事にはうんざりする! 電話はしたが、なんの役にも立たなかった。当時の夫の仲間に訊くことも、とうていできない。戦友はひとりも知らないし、以前、アーサーが仲間はみんな、国内ばらばらの場所にいると言っていた。

午後遅く、彼女はベッドルームに引っ込むと、太陽の光がはいらないようにした。そして四角い暗闇の世界で横になり、睡眠薬が思考を麻痺させるにまかせた。熟睡し、頭が枕に触れたあとのことは何ひとつ覚えていなかった。しかし、ほんの数分しかたっていないと思えた頃、何か突かれている感じがした。体を起こすと、電話が鳴っているのに気づいた。カーテンの縁《へり》から夜が忍び込んでいた。

空港にいるアーサーからの電話だった。機嫌のよさそうな声で、明日の晩、帰ると言った。彼女はまだ睡眠薬が効いていて、意味のわからないことをボソボソとつぶやいた。アーサーは何も気づいていないようだった。彼女は電話を切るとまたベッドにもぐり、毛布を首もとまで引きよせた。

翌朝遅くに目がさめると、うつろな静けさに包まれているのに気づいた。木々のあいだで鳥たちがさえずり、庭師が芝生の向こうの生垣を刈っている音が聞こえた。

彼女はベッドから降りると、部屋着を身につけた。そのときふと突然、なぜ家のなかがこれほど静かなのかに気づいた。木曜日で、メイドの休みの日だった。これから何時間もひとりきりで、話し相手も、わたしを守ってくれる人もいない。いったいどうしてアーサーはこんなひどい仕打ちができるの？

ミセス・ダニングは部屋から部屋へとさまよった。空気は蒸し暑く、家全体が暑さで脈打っていた。彼女は書斎へはいり、アーサーのオフィスに電話をかけた。女性が応じた。「クロス・アンド・ダニング社です」

ミセス・ダニングは神経がこわばった。女性の声に聞きおぼえがなかった。アーサーが新しい秘書を雇ったのだろうか？

「もしもし」ミセス・ダニングは言った。「あなたはどなたかしら？」

「ミスター・ダニングの秘書です」若い声が答えた。

「わたしはダニングの妻よ。あなたのお名前は、お嬢さん？」

「キャロリン。キャロリン・シャープレスです」困惑ぎみの声だった。

彼女は嘘をついているのだろうか？　アーサーが計画を立て、彼女に嘘の名前を言うよう言いふくめたのか？　たぶん、ポールも一枚かんでいるはずだ。

「ミスター・クロスはいるかしら？」ミセス・ダニングは言った。

「少々お待ちください」

間があった。しばらくして、カチッという小さな音がした。「レノア！」ポールの温かみのある声が響いた。「具合はどうだい？」

「少しよくなったわ、ありがとう、ポール。あなたはどう？」

「元気そのものだ。先週、健康診断を受けたんだ。医者から、健康年齢は三十歳だと言われたよ」

「ポール」彼女はためらいがちに言った。「夫はいるかしら？」

「アーサー？　彼から聞いてないのかい？　ゆうべの飛行機でメキシコ・シティに行かないといけなくなったんだ」

「あ、そう、そうだったわ、もちろん聞いているわ」頭がおかしくなったと思われたにちがいない、と彼女は思った。あるいは、わたしが探りをいれていると感づいて、警戒しているか。「ポール、こんなに急に行かなくちゃならないって、それだけ緊急の事態だったの？」

「そうなんだ、レノア。多額の金がかかっていて」

「でも、あなたでもよかったのでしょう？　アーサーじゃなくて、ってことだけど」

彼は口ごもった。「ああ……まあね。だけど、アーサーが相手の男性と面識があって。彼ひとりで対処するのが最善策だということになったんだ」

「あの人があなたをそう説得したの？」彼女は尖った声で訊いた。

「まさか、レノア。ふたりとも同じ結論に達したんだ。何かまずかったかな？　心配そうな口ぶりだけど」

「いいえ、ポール。何も問題はないわ。実は、ほかに訊きたいことがあって電話したの」

「ほかに訊きたいことって？」

「アーサーが戦時中の体験について、あまり話さないのはわかっているのだけれど、当時彼が乗っていた飛行機の名前をあなたに言ったことはある？」

「飛行機って？」彼はまごついたような口ぶりで言った。

「戦時中、彼が乗っていたB－17。それがなんて呼ばれていたか、彼から聞いたことはある?」

「いや。聞いた覚えはないな。なぜだい?」

「ちょっと――ただちょっと知りたかっただけ。大したことじゃないわ。ありがとう、ポール」

彼女は受話器を架台に戻した。頭が混乱していた。灰皿は先がつぶれた吸い殻でいっぱいだった。彼女は長めに残っている吸い殻を一本つまみあげると、手を震わせながら火をつけた。

どうしてアーサーはメキシコ・シティに行ったのか? 考えられる理由はただひとつ――アリバイだ。もっともらしく見せるために、できるだけ遠くに行くことにしたのだ。仕事がからめば、証人には事欠かない。もうすでに、信頼して仕事を任せられる人を雇っているのだろう。プロの殺し屋、その筋の専門家を。プロの殺し屋について新聞で読んだことがある。殺し屋は人知れず巧みに仕事をこなす。標的を観察し、時が来たら相手に忍び寄る。

彼女の手が受話器に巻きついた。いまならまだ警察に電話をできる。でも、話したところで信じてもらえないだろう。一笑にふされる。ジェシカ? ジェシカの名字は? もっと証拠が必要です、奥さん。でも夫は嘘をついているの。彼が乗っていた飛行機の名前じゃなかったんです。ほんとうに？　証明してください。

ミセス・ダニングは窓辺へ行くと、強い陽射しをあびているカーテンをさっと開けた。いまはできるかぎりの光が必要だ。警察に通報するのが一番だ。それはまちがいない。でも証拠が——警察を納得させられる証拠が必要だ。彼女は目をつぶり、必死に考えた。どうやったら飛行機の名前を知ることができる？　記録文書、ファイル？だめ、それじゃあ時間がかかりすぎる。

次の瞬間、笑みがこぼれた。当時の思い出の品！　そう、それよ。アーサーは思い出の品を屋根裏にしまっている。たしか、その中に写真——飛行機と仲間が一緒に収まっている写真——があった。もし飛行機の名前が写真に写っていれば……。

彼女は階段を、ガウンの裾《すそ》を踏んで転びそうになりながら駆けあがった。廊下にあるドアの鍵をあけると、細い埃まみれの階段をのぼった。屋根裏は暑く、木の垂木《たるき》の下は蜘蛛《くも》の巣だらけだった。彼女は籐《とう》椅子や鉄製の庭用家具を脇へ押しのけた。壁際に、木箱や段ボール箱が積みあげられていた。彼女はそれらを床へ落としたり脇へどかしたりし、ようやくクレヨンで〝空軍〟と書かれた大きな段ボール箱を見つけた。

ミセス・ダニングは封を破って蓋をあけると、中身を取り出して床に置いていった。カーキ色の帽子数個、メダル数個、指令書の写し数枚、スナップ写真の束、長いボール紙の筒ひとつ。彼女は筒をつかみ、中を手で探ると、丸められた写真を取り出した。あった！　写真は少々黄ばんでいたが、広げてみると、シルバーの爆撃機の脇に立つ兵士たちの顔がはっきりと見てとれた。それに、コックピットの下、アーサー・ダニング大尉の頭のちょうど上に、黒々とした文字で名前が描かれていた。その名前は〝ジェシカ〟だった。

二日ぶりに、ミセス・ダニングは緊張の糸が切れ、わっと泣きだした。暑苦しい屋根裏の床に膝をつき、頭を垂れた。なんて馬鹿なことを考えていたんだろう。

彼女は段ボールの中身を床に置いたまま、階下に降りた。陽当たりのいいバスルームにはいると、顔を洗い、洗いたての服に着替えた。髪に櫛《くし》を通し、口紅をつけた。愚かな女、愚かで異常に神経質な女だった。嫉妬《しっと》に駆られ、自己憐憫《れんびん》に浸り、妄想で我を忘れてしまっていた。すべてを改めなければ。アーサーが戻ってきたら、小型の車を買ってもらおう、と彼女は決めた。それでまた自由に動ける。旧友たちに会いに出かけよう。

彼女はひどくお腹が空いてきたのでキッチンへ行き、食べるものを用意した。食べ終わると屋根裏に戻り、夫の思い出の品を箱に戻した。散らかしたままにして、メイドが片づけるのを待っている必要はない。

彼女はもう一度写真を眺め、若いころのアーサーの顔を見て微笑んだ。そのとき突然、背筋が凍った。夫の隣に立っている男性に見覚えがあった。つい最近会った気がするほどだった。

しかし、それはあり得なかった。妄想で頭がどうかしているのだ。でなければ……彼女は口に手をあてた。最初から勘違いしていたのだったら！　それで、夫が寝言で〝ジェシカ〟と言った理由も説明がつく。意識の中に飛行機があった。飛行機と夫がある目的で雇った昔の仲間が――

「ミセス・ダニング」

背後の戸口から低い声がした。彼女は振り向いたとたん息をのんだ。写真に写っていた男の顔がそこにあった。

最近雇った庭師が近づいてきた。手袋をはめた手には、きらりと光る大きな植木ばさみが握られていた。

最後の台詞

Exit Line

仁木めぐみ／訳

アーサー・セントクレアはカーテンコールの前に席を立ち、人気《ひとけ》のないロビーを横切った。観客達がまだ熱狂的に拍手をしているうちに湿った外気の中に出ると、タクシーを探して辺りを見回した。交通整理をしている騎馬警官が馬上から笑いかけてきた。「今夜の評決はどっちですか？　当たり？　外れ？」そう言うと、またにやりと笑う。

　セントクレアは警官を無視した。タクシーが一台、縁石に沿ってすべるようにやってきて、運転手がドアを開けた。「先生、お疲れ様です」運転手は言った。セントクレアは乗り込むと、座席にゆったりと腰を下ろして煙草をホルダーに詰めた。彼は背が高く、端正で冷たい感じの顔立ちの男性で、チェスターフィールドコートとフェルトの中折れ帽を身につけている。あるコラムニストは彼を「ブルックス・アトキンソン（劇評家）とブルックス・ブラザースを合わせたような」と表現した。セントクレアはそのレッテルが好きではなかった。

タクシーは増えてきた劇場帰りの人や車の波をゆっくりと縫って進んでいく。その間運転手は何も言わなかった。彼は演劇の公演初日にこの評論家を乗せたことなら何十回もあり、その偏屈さをよく知っているので、チップをもらい損ねるような危険は冒さないのだ。数分後、西四十番ストリートの新聞社の前に到着すると、セントクレアは運転手に一ドルを手渡し、無駄のない足取りで歩道を横切って、回転扉から中へ入っていった。

特集記事部門は二階にある細長い雑然とした部屋で、テーブルの周りに疲れた感じの男が数人座ってコーヒーを飲んでいた。セントクレアは彼らにうなずいてみせると、エレベーターに近い自分のオフィスに向かった。飾り気のない小さな部屋で、灰色の窓の外には装飾《フリーズ》のように雨に濡れた鳩が並んでとまっている。デスクの上にはタイプライターが一台、灰皿がひとつ、シュトローブルによるバーナード・ショーの胸像がある。セントクレアはコートと帽子を脱ぐと、入念に指を動かしてウォーミングアップをした。それが終わると、即座に劇評《レビュー》の原稿をタイプで打ち始める。頭の中ですっかり出来上がっているのだ。

「カールトン劇場で昨夜初日を迎えた『勝手にさせておけ《イナフ・ロープ》』には、かなりの美点はあるが、野蛮で慎みがなく、劇場についてすべてを身につけながら演技だけは知らない若者ジャック・ルッソのせいで壊滅的に損なわれている。ルッソ氏はいわゆるメソッド演技法を用いて、台詞をぶつぶつ呟きながら木から木へと飛び移るターザンのように一つの感情から別の感情へと唐突に切り替える。私には彼は格好だけは一人前でも中身がともなわず、マーロン・ブランドを五回劣化コピーしたような男で、劇場を神聖な場所ではなく洞窟だと思ってうなったり、胸を叩いたりしていいと考えているようにしか見えない……」

セントクレアは手を止めて煙草に火をつけると、目を上げて戸口の方を見た。そこには若い男が立っていて、こちらを見ている。背が低く、がっしりとした体格で、リーバイスのジーンズと色褪《いろあ》せたウィンドブレーカーを身につけ、泥のついた革製のブーツにジーンズの裾《すそ》を入れて履いている。三角形の平板な顔がほのかにオレンジ色に輝いているのはメイクをしているからだなとセントクレアは気づいた。この若者はどうやらジャック・ルッソだ。劇場から新聞社までずっと走ってきたのだろう。

「セントクレアさん？」ああ、ルッソで間違いない。アーチ型の舞台から落ちてきたのと同じ、単調で野蛮な声だ。「レビューを読ませていただこうと思って来ました」

「悪いがそれはできない。他のみなと同じように、新聞を買ってもらわねば」

「でもここまでわざわざ来たんですよ。終わると一番に……」

「それは認めるがね、しかし例外を作ることはできない。すまないが」

ルッソはゆっくりと右手の指を一本ずつ鳴らしていった。「俺が何を考えているかわかりますか？　あなたは俺をこき下ろす記事を書いたばかりだから、それを俺に見られるのが怖くて仕方ないんでしょう」

セントクレアはタイプライターからロール紙を引き出した。「私がどんなことを書いたかは、新聞がスタンドに並ぶまで君の知るところではない」

ルッソは不意にタイプ原稿をつかみ取ろうとした。原稿は破け、彼の手には前半が残った。厳しい部分だ。彼は小さな目を瞬《しばたた》かせながら紙の上の文字を追っていった。

「それを返しなさい！」セントクレアは怒った口調で言った。一歩前に踏み出したが、俳優は手をあげて彼を押し戻した。トラック運転手のようにがっしりとした逞《たくま》しい腕だった。

「なんてひどい」ルッソはゆっくりとつぶやいた。もう一度紙に目をやり、読み返している。「あなた、あそこにいたんですか？　今夜俺を見たんですか？　本当は家で寝ていたんじゃないんですか？」

セントクレアは静かに言った。「それは私のレビューだ。君が何を言っても関係ない。さあ、警察を呼ぶのはあと二分だけ待ってやるから、その間にこのビルから出ていきなさい」

ルッソはセントクレアがはるか遠くの惑星から話しかけてきているかのようにぼんやりとした顔で聞いていた。それからゆっくりと、手にした紙を丸めて小さな固いボールを作ると、机に向かって乱暴に投げつけた。ボールはバーナード・ショーの口をかすめて、むき出しの床の上に転がった。ルッソは硬い表情でセントクレアを見たあと、不意に身を翻《ひるがえ》して出ていった。

セントクレアは咳払いをすると、煙草に火をつけた。丸めた紙を拾おうとはせず、デスクの前に座ると、記憶を頼りにレビューをもう一度打ち始めた。

＊

翌日の昼、セントクレアはタクシーでブロードウェイのレストラン、サーディーズに行き、お気に入りのテーブルに通された。メニューに目を通していると、なんとなく視線を感じる。大きなカード型のメニューを下げて、明るいダイニングエリアを見回すと、すぐにジャック・ルッソと彼より年上のがっしりとした男が入り口の近くに座っているのが見えた。ルッソはそこからセントクレアをにらんでいたが、同席している男はルッソの方に身を寄せて、小声でなにかを訴えかけているようだった。数秒後、ルッソは立ち上がり、ナプキンを投げるように置くと、大股に出ていった。

セントクレアはほっとして煙草に火をつけた。料理を注文し、繁盛している店内を再度見回すと、ハリウッドの業界人が一人、二人いるのを見つけた。他にはいつものように観光客の団体がいる。

「セントクレアさん？」

ルッソの連れがテーブルの横に立っていた。近くで見ると、驚くほど醜い男で、鈍い感じの顔には血管が浮き出ている。安物のスーツの襟《えり》の折り返しは細かいふけで汚れていた。セントクレアは顔をしかめて答えた。「そうですが……？」

「私はバート・リオンズといいます。ジャック・ルッソの代理人《エージエント》兼マネージャーです」

セントクレアは低い声で言った。「私になにをお望みですか？　リオンズさん」

リオンズはぎこちなく話しはじめた。「お聞きになっていらっしゃらないと思うのですが、ジャックはあなたのレビューに非常にショックを受けています。奴のあんな様子は今までに見たことがありません。あいつは今にも爆発しそうな感じなんです」

「それは残念ですね。悪い評価に耐えられないのなら、他の仕事をするべきですね」

リオンズがセントクレアの方に身をかがめると、セントクレアはこの男はこれから自分になにかを懇願してくるのではないかと嫌な予感がした。「セントクレアさん、私はどうもジャックだけが完全に悪いとも言い切れないと思うんです。私もこれまでに厳しい批評ならいくつか見たことがありますが、あなたのは普通の範囲を超えている。奴が怒り狂うのもある意味無理もない気がする。あなたはルッソになにか恨みでもあるんですか？」

評論家はため息をついた。「ないですよ。ただあなたのところの俳優にちゃんとした演技ができるとは思えないだけです。彼は全く信じがたい。私は人々が大枚をはたいて素人演劇クラブを見せられていると思うと耐えられない。では、よろしかったら、私は食後のコーヒーを飲んでしまいたいのですが」

リオンズは床のカーペットをじっと見つめながら言った。「セントクレアさん、私がここに来てあなたと話そうと思った本当の理由を言いますが……私は……どうかなと思っているんです……」

「どうかなとは何が？」

「あなたが、その、ジャックに謝ることはできないかなということです。彼に、君はただ、この役に合っていないだけだと思うと言ってくれるだけでいいんです」

セントクレアは驚いて顔を上げた。「本気で言っているのか?」

「はい。そう言ってくだされば奴は落ち着くと思ったんです。昨夜からあいつは常軌を逸した振る舞いをしている。もう私の言葉さえ聞いてくれない」

セントクレアは立ち上がると、代金をテーブルの上に投げ置いた。「ごきげんよう、リオンズさん。こういうことは二度とされない方がいいですよ」

リオンズはようやく聞き取れるほどのかすかな声で言った。「残念です」

評論家はいらいらした様子で、クロークの受け取り票を探しながら言った。「今後のために言っておくと——私は前言を撤回する記事を書くことはない。おたくの俳優さんにそう伝えてくださってかまいません」

彼はリオンズを残してテーブルを離れると、若い女性からコートと帽子を受け取った。外に出ると、庇《ひさし》にかすかに雪が降りかかっていた。「セントクレア様、タクシーをお呼びしますか?」ドアマンが尋ねる。

セントクレアはうなずいた。その時突然、背後でパンと鋭い音がした。なにか重いものが凍った路面に落ちたような物音だった。ルッソがドアの近くに立っている。破れたシープスキンのジャケットを着て、帽子はかぶっていない。彼が歩道に置かれていた朝刊の束を地面に払い落としたのだ。彼は腕を振って記事を指し、反抗的な仕草で顎《あご》を突き出した。セントクレアは心の中でこれはまた古びたロッド・スタイガー風だなと分類した。

「あれを見たか？」ルッソの叫び声は凍りつくように冷たい空気を震わせた。「これを見たか？」通行人が数人足を止めてじっと見ている。「八つのレビューだ。全部高評価だ。全部がすばらしいと言っている。一つ以外はな！　それが誰のレビューか知っているだろう？　どうだ？　答えろ！」

タクシーが角を曲がって歩道の横に停車すると、セントクレアは素早く乗り込んだ。しかし発車するより早く、ルッソが窓に顔を押しつけてきた。「あんたが書いたんだ！」ルッソの丸っこい唇が叫んだ。「俺になんの恨みがあるんだ？」冷たい窓ガラスが曇りはじめ、ルッソの姿はぼやけてきたが、灰色の唇だけははっきりと見えている。「なんの恨みが？」

次の瞬間にタクシーは急発進し、セントクレアは振り返って見た。リオンズがどこからともなく現われて、ルッソを車道から引き離そうとしている。二人の男はアイススケートをする人のようにふらふらと歩道の上でよろめいている。それを見るとセントクレアは向き直り、座席に身を沈めた。

＊

その夜セントクレアは、自宅マンションで小さなパーティを開いた。キャンドルを灯した気の利いた食事会で、最近ナイトに叙されたイギリスの大御所俳優を主賓に迎えていた。パーティは十一時ごろに終わり、セントクレアは最後のゲストをタクシーまで見送るために階下に降りた。部屋に戻るときに一人で乗ったエレベーターの中で、彼は漠然とした不安を感じた。ルッソの件がまだ心の奥にひっかかっていて、窓に押しつけられたあの俳優の激昂した顔、ガラス越しに見えた唇の動きが頭の中に蘇ってくる。

エレベーターのドアが開くと、別のさらに深刻な不安が待っていた。自分の部屋のドアが大きく開け放たれていたのだ。彼は中に入って鍵を閉め、ドアチェーンもかけた。細長い部屋はぼんやりと照らされていて、外で降っている雪の青い影が落ちていくのが見える。ダイニング・テーブルの上の残った料理やワイングラスの間でキャンドルがまだ何本か灯っていた。

セントクレアは目をこするとベッドに入ろうと決めた。ゆっくりとリビングルームを横切って奥の部屋に向かっていた時、気づいた。視界の隅に見える、部屋の端の革製のひとりがけのソファに誰かが座っているのだ。セントクレアは振り返って、そのソファの周り一帯の黒々とした影を目を凝らして見た。ジーンズをはいた脚が二本、絨毯《じゅうたん》の上に突き出されている。その脚は雪で濡れて光っているブーツを履いていた。

「ルッソ？　君なのか？」近づいてみると、ルッソだった。あのシープスキンのコートを着て、ソファに沈み込むように座っている。

「どうやってここに入った？」

俳優はこの質問を聞いてしばらく考えてから、抑揚のない声で答えた。「ドアが開いていた」

「そうか、出ていけ」

ルッソは気怠《けだる》げにまばたきをした。「一杯飲ませてくれないかな？　俺はグリニッジヴィレッジからここまで歩いて来て、濡れて寒くて疲れているというのに、あんたは飲み物の一杯も勧めてくれない。いったい、どんなホストなのかな？　セントクレアさん」

評論家は怒った様子で戸口まで歩いていくと、ドアを勢いよく開けた。「出ていってくれと言っているんだ」

ルッソはソファから身を起こすと立ち上がった。その顔が酔っ払いのようにかすかにやけているのをセントクレアは見た。ルッソは少しふらつきながらダイニングテーブルに向かって歩いていくと、ブランデーが入ったデカンターを手に取った。「昨日の午後から食べてないいんだ」彼は言った。「いや、違う。訂正しよう。レディックのホットドッグを食べた」ルッソは酒をこぼしながらグラスに注いだ。「あんたはなにを食べたのかな？　セントクレアさん」

評論家は答えなかった。

ルッソはテーブルの上を探るように見回して、楽しそうに聞いた。「質問したんだよ。なにを食べたのかって」

「出ていけと言ったんだ」

俳優はディナー皿の一枚に目をやると、においをかいで見せた。「オードブルだね。悪くない。そのちっちゃなクラッカーに載ってるのはなんだ？　キャビアじゃないかな。正解だろう？　セントクレアさん。それはキャビアだろう？」

評論家は電話のところに歩いていくと、受話器を取り上げた。しかし回線は切れていた。発信音が全くしない。壁の下部の幅木を見下ろすと、電話線が壁から乱暴に引きちぎられていた。ルッソがドアを閉め、チェーンロックをかけて言った。「電話は嫌いなんだ。プライベートに侵入してくるからな。そう思わないか？」

セントクレアはドアに近づいて静かに言った。「ドアマンを呼んでくる」

ルッソはセントクレアの行く手をはばんだ。「でも今はここから出さないよ。あんたとじっくり話ができると思ったんだけど」

セントクレアはドアに突進し、開けようとした。しかしドアの前にはルッソがいた。

セントクレアは向きを変えると寝室に走り込んだ。「そっちの電話なら気にしないでいいよ」ルッソが後ろから大声で言った。「そっちも俺がやっといたから」

セントクレアはリビングルームに戻った。ルッソはドアの前の椅子を引き、落ち着いた様子で腰掛けると、脚を組み、皿の上のオードブルをつまんだ。

「いったい何が望みなんだ？」セントクレアはうんざりしたように訊いた。

「なにも。あんたと話がしたい、それだけだ。昔ながらの、ざっくばらんな話し合いっていうのをしようぜ。そう、俺みたいな無名の役者がニューヨークの演劇評論家の先生と話せるなんて機会はそうはないからね」

「ルッソ、なにが望みなんだ？　あの記事の撤回か？　謝罪か？」

「いいや」ルッソの顔色が変わった。「そんなものはなにも望んじゃいない。俺はただ、あんたにある人間の人生の物語を知ってほしいだけだ。俺という人間のね」

セントクレアはデカンターからブランデーを注いだ。ガラスの栓を閉めるとき、デカンターの細い首に当たってかすかに音をたてた。

「どうしたのかな?」ルッソが言った。「緊張でもしてるのか?」

セントクレアはブランデーをがぶりと一口飲んだ。心地よい温かさが身体の中に広がっていくのを感じる。「これで君の話を聞く準備ができた。話が終わったら出ていってくれるんだね」

ルッソは立ち上がると、セントクレアの方に歩み寄ってきた。厳しい声で言う。

「俺は俺のタイミングで帰る。わかったか?」

セントクレアはうなずいた。自分の顔が熱くなっているのがわかる。

「実はね、セントクレア。俺は若く見えるかもしれないが、この世界は長いんだ。演技を始めたのは十二歳の時で、国じゅうを回ったよ。その頃には親はもういなかったから、劇場が我が家になった。どういうことかわかるよな?」

セントクレアはまたうなずいた。

「『はい』か『いいえ』で答えろ。適確な評論家さんよ」

「はい」

「よし。これで俺がぽっと出の新人じゃないことがわかったよな。物心ついてからずっと演技をやってきて、苦労してきたんだ。知ってるか？　俺はパサデナ・プレイハウスの演劇学校を退学になったんだ。あそこを退学させられた奴なんか他にいない。けれどあそこで学んだことは一生忘れないよ。どんなことだと思う？」

「わ……わからないな」

「誰かに褒められてもそれを信じちゃいけないって教わったんだ。誰かっていうのは教師とか、友達とか、そう、評論家でさえもだ。特に評論家だな。そして俺をこき下ろしたのはお前が初めてじゃないんだよ、セントクレア」

ルッソはコートのポケットにぐっと手を突っ込むと、小さな拳銃を取り出した。

「これが見えるだろう？」

セントクレアは息を呑んだ。銃身は彼の右目に向けられている。

「お前みたいな奴に使おうと、取ってあったんだ」ルッソは静かに言った。「これをどこで手に入れたかわかるか？」

「いや」

「俺の親友の一人がこれで生命を絶ったんだ。その時の銃なんだ。親友も役者だった。やつには個人的な問題がいっぱいあって、でも評論家たちは助けにならなかった。今、奴はどんなところにいるのかはよくわからないけど、俺がこれからやることを見たら、すごく喜んでくれるだろうよ」

「冗談……だろう」胃の中でブランデーが冷たく渦巻いた。

「冗談であってほしいか？　冗談じゃない。今夜やるしかないんだ。セントクレア、なぜだかわかるか？」

評論家は首を振った。

「お前が俺を嫌いだからだ。お前はたぶん役者になりたいと思っていたんじゃないか。でもなれなかった。才能か根性が足りなかったんだ。俺みたいな若者を破滅させるのはそのせいだ。自分がなれなかったから、他の者がなるのを邪魔するんだ。お前が俺の死亡記事を書く間じっとしているつもりはない。今わかったんだ。俺がこの町で、初日を迎えるたびに、お前はこき下ろすだろう。そんなの役者にとっては命取りだ。プロデューサーたちはすぐにどういうことか気づいて、俺に役をくれなくなるだろう」

セントクレアは銃を見下ろした。まるでおもちゃのようにつるっとして無邪気に見える。セントクレアは無表情でいようとしたが、自分の顔が青ざめていくのを感じていた。

「だから今夜、お前と俺は銃を持ってふざけていて、お前が不慮の事故っていうやつに見舞われるんじゃないかな。えーと、お前はパーティで少し酔っていて、次の瞬間にはバーン！　だ。よくあることだろう」

セントクレアはルッソの目を見た。無感情で怯んでいない。それぞれの目を小さなライトの光がちょうど照らしている。

「どうしたんだ、セントクレア？　キャビアでいっぱいの腹が痛いのか？」銃がじりじりと近づいてくる。

セントクレアはテーブルの方に後退《あとずさ》りながら後ろに手を伸ばし、グラスがいくつも倒れた。この男は彼を殺そうとしている。なにか武器に使えるものさえあれば……自分の身を守れるようななにかが……。

「セントクレア、なんでそんなに顔が濡れているのかな？　評論家っていうのは他人に汗をかかせるものだと思っていたんだが」

セントクレアはまだ後ろ手にテーブルを探っていて、ギザギザしたダイアモンドカットのデカンターの縁に手が触れた。

「本当に怖くなってしまったかな？　その苦しみは終わりにしてあげようか」

セントクレアはデカンターを振りかぶり、ためらわずルッソの両目の間に打ちつけた。ルッソは一度瞬きをし、額に小さな水膨れが現われると、厚い絨毯の上にどさっと音をたてて倒れた。

　セントクレアはテーブルにもたれかかった。吐きそうだった。そしてそのままそこに数分間、デカンターを手にしたまま立ち尽くしていた。それからルッソを見下ろす。ルッソはテーブルの足元に横たわり、その唇は熟睡している人のように開いている。不意にセントクレアは気づいた。この男は呼吸をしていない。セントクレアは身をかがめると、ルッソのシープスキンのジャケットの前を開け、シャツの下に手を入れて触れてみた。そんな、ありえない。そんなに強く殴ったわけではないのに。しかしルッソの胸は動かず、全く鼓動しなかった。

　セントクレアは小さな拳銃を手に立ち上がり、驚くよりも困惑していた。こういうことが起こったらどうするべきなのか？　すぐに警察に連絡するべきだろう。それなら階下に行って、公衆電話から電話をかけなければ。彼がまだルッソを見下ろしたまま立ち尽くしていると、ドアベルが鳴り、賑やかな音が何度も響き渡った。

　セントクレアは夢遊病のようにぼんやりとドアのところに歩いていき、鍵を開けた。外にはバート・リオンズがいて、満面の笑みを浮かべている。彼についてきた新聞記者二人とカメラマン一人は、みな平静を装ってすました顔をしている。

「どうでした？」リオンズは大声で言った。「奴にだまされたでしょう？　奴の演技はすごかったでしょう？　なにせあなたはジャック・ルッソに演技はできないと言った張本人なんだから！」

セントクレアは四人を見つめた。そして無意識のうちに引き金を引いていた。撃鉄がカチリと音を立てただけで、弾倉は空《から》だった。

リオンズはにこにこしながらセントクレアの横をすり抜けて、室内に入っていく。

「ジャック？」彼は呼びかけた。「どこにいるんだ？」

〈解説〉「刑事コロンボ」誕生までの若き思索の日々
～リチャード・レヴィンソン&ウィリアム・リンクの小説世界～

小山　正（ミステリ研究家）

1　「刑事コロンボ」の作者は異色のコンビ作家

「名探偵シャーロック・ホームズの作者は誰でしょう？」

と聞かれて、

「コナン・ドイル！」

と即答できる人は、そうは多くない。ミステリ・ファンにとっては常識だが、一般的には認知度は低い。これは「刑事コロンボ」でも同じだろう。非常に著名なTVドラマとはいえ、生みの親は誰？　と尋ねられて、

「リチャード・レヴィンソンとウィリアム・リンク！」

と答えられるのは、かなりのファンだ。

本書の著者リチャード・レヴィンソン（一九三四〜一九八七）と、もう一人の著者ウィリアム・リンク（一九三三〜二〇二〇）は小説の専門家ではない。本業はアメリカ生まれのシナリオライター兼ＴＶプロデューサーである。二人組の活動で知られ、主にハリウッドを拠点に活躍。数多くのＴＶドラマと映画の脚本・原案・プロデュースを手がけ、舞台の台本も執筆した。スタッフクレジットには常に二人の名前が並ぶ。

特異なのは、その創作方法だ。

彼らは中学校以来の同級生で、同じ高校と大学に通った親友同士。社会人になってもコンビを組み、創作に励んだ。

この二人組というスタイルが、作劇を行う際にとても有効なのだ。特にミステリドラマは論理性や整合性が大切なため、ディスカッションを重ねて物語の欠陥や矛盾を指摘し合うことができる。また、独りよがりや理詰めになりがちな箇所も、相互のチェックで修正できる。つまり弁証法的にモノを作ることが、容易に可能になるのである。

同じ二人組でも、フレデリック・ダネイとマンフレッド・Ｂ・リーの従兄弟同士でコンビを組んだミステリ作家エラリー・クイーンのように、プロットのみを担当する者と、それをもとに原稿を書く者とに作業を分担する作家もいる。しかしレヴィンソン&リンクは、同じ場所で一緒に執筆し、行き詰まりや矛盾点が生じたら、二人で同時に考えて乗り越えたという。

日本映画の例で言えば、黒澤明監督の脚本家チームがそれで、黒澤明、小国英雄、橋本忍、菊島隆三らが、額を集めて一文一句シナリオを練り上げていった場合に似ている。

レヴィンソン&リンクが長年にわたり決裂せず、常に仲良く創作活動が続けられたのは、そうした苦労を共にしつつ、少年時代から双子の兄弟のような深い絆で結ばれていたからだろう。

2 レヴィンソン&リンクのTV世界

一九五〇年代後半から六〇年代にかけて、レヴィンソン&リンクは新進脚本家として、いくつものTVドラマにシナリオを提供した。

例えば――「反逆児」(一九五九)、「早撃ちリンゴー」(一九五九)、「名探偵ダイヤモンド」(一九六〇)、「探偵マイケル」(一九六〇)、「ヒッチコック劇場」(一九六一)、「ドクター・キルデア」(一九六一)、「ヒッチコック・サスペンス」(一九六二)、「第三の男」(一九六三)、「逃亡者」(一九六三)、「ザ・ローグス(泥棒貴族)」(一九六四）、等々――。ジャンルも西部劇、サスペンス物、クライム・ドラマ、私立探偵物、医者物、アクション系、と多岐にわたる。

一九六〇年代の半ばからは、「ハニー・ウェスト」「ジェリコ」「ネーム・オブ・ザ・ゲーム」といった人気ドラマの執筆に加え、シリーズ化するか否かを決めるパイロット版のプロットや、脚本の執筆、シリーズ物のキャラクターを提案する仕事もこなした。

そして、TV史に残る傑作「刑事コロンボ」（一九六八～）を生み、「エラリー・クイーン」（一九七五～）や「ジェシカおばさんの事件簿」（一九八四～）といった本格ミステリ・ドラマ・シリーズの傑作を次々と制作した。

また彼らは、シリーズ物ではない単発のTVムービーにおいても、数々の話題作・問題作を残している。

脱獄中の黒人弁護士と未婚の妊婦の邂逅と葛藤を描いた『いとしのチャーリー』（一九七〇）。父親がホモセクシャルだと知った息子の葛藤を描くヒューマン・ドラマ"That Certain Summer"（あの確かな夏）（一九七二・本邦未放映）。ヨーロッパ戦線で任務を忌避し、脱走の末に軍法会議で死刑になった兵士の悲劇『兵士スロビクの銃殺』（一九七四）。放火を描く番組を観た子供が実際に放火事件を起こし、メディアと暴力の相関を問われた放送作家の苦悶に迫る"The Storyteller"(ストーリーテラー)(一九七七・本邦未放映)――等々。自らプロデュースと脚本を手がけたこれらの単発作品は、どれも硬派なテーマ性と社会派的な視座を持つ傑作として、今でも評価が高い。

もちろんミステリのジャンルでも、優れたTVムービーを数多く残した。

シリーズのパイロット版TVムービー『エラリー・クイーン』は、ミステリ作家エラリー・クイーンの長篇『三角形の第四辺』を見事に脚色していた(一九七五年・本邦放映時のタイトルは『エラリー・クイーン/美人ファッションデザイナーの冒険』)。また、『マーダー・イン・スペース』(一九八五)は、宇宙船内で起きた連続殺人を扱い、真相解明の直前に「視聴者への挑戦」が挿入される愉快なSFミステリだった(本邦放映時のタイトルは『宇宙の殺人者』)。

しかし、なんといっても忘れがたいのは、『殺しの演出者』(一九七九)、『殺しのリハーサル』(一九八二)、『ギルティ・コンサイエンス』(一九八五・本邦未放映)の〈本格ミステリドラマ三部作〉であろう。凝った構成と意外性の極致を狙ったマニア垂涎の作品で、三作すべてが優れたミステリ作品に贈られる〈MWA賞〉に輝いている。

3　小説から生まれた「刑事コロンボ」

ところで「刑事コロンボ」が、小説から生まれたのはご存じだろうか？

実はコロンボの初登場は、第一話に相当するパイロット版のＴＶムービー『殺人処方箋』（一九六八）ではない。その原型は、登場する刑事の名前はコロンボではなかったけれど、レヴィンソン＆リンクが一九六〇年に執筆した短篇小説“Dear Corpus Delicti”に見いだせるのだ。それがどのような流れで「刑事コロンボ」シリーズへと発展したのか？――という点は、“Dear Corpus Delicti”が「愛しい死体」のタイトルで本書に収録されているので、後ほど個々の作品解題のなかでご説明しよう。

さて、レヴィンソン＆リンクは脚本家として多忙を極める一方で、いくつもの小説を執筆している。

学生時代にはミステリ作家ジョン・ディクスン・カーとエラリー・クイーンにあこがれ、謎解きをメインとした短篇を書いて、「エラリイ・クイーン・ミステリ・マガジン（ＥＱＭＭ）」誌に次々と投稿したという。が、その多くは若書きでボツ。かろうじて採用された短篇が“Whistle While You Work”（一九五四）で、これが彼らの商業誌デビュー作となった（本書収録の「口笛吹いて働こう」）。しかしこの作品は謎解きミステリではない。サスペンスの効いたクライム・ストーリーなのだ。

その後彼らは、一九五〇年代後半から六〇年代にかけて、二十篇以上もの短篇小説を雑誌に寄稿した。やはりその多くがクライム・ストーリーであり、当時の世情や空気感を生かした犯罪者たちの物語が多い。

題材や舞台はさまざまだ。ホーム・ミステリ風のスリラーもあれば、泥棒が主人公の犯罪小説もある。アクション小説風の活劇や、映画と演劇がネタの業界モノもある。なんと艶笑風のコントまで書いているのだ。なかにはアッサリとしすぎている作品もあるけれど、でもどれもオチが効いた小粋な短篇で、三〇分一話完結のTVシリーズ「ヒッチコック劇場」のような味わいがある。掲載誌の大部分が、Alfred Hitchcock's Mystery Magazine（通称AHMM、「ヒッチコック・マガジン」）なのも頷けよう。

そもそもレヴィンソン&リンクの興味の対象や視座は非常に広い。彼らのTVシリーズや単発TVムービーでも言えることだが、純粋な謎解きミステリだけに固執するクリエイターではないのだ。

小説を執筆する時も同様なのだろう。彼らは、昔ながらの本格ミステリのみに固執するわけではなく、ジャンルにとらわれず、様々な舞台と背景をもつクライム・ストーリーを書き続けた。

　これは私の邪推なのだが、レヴィンソン&リンクは犯罪者の様々な心理を深掘りするうちに、ミステリの新たな可能性に気が付いたのではなかろうか？　現代的なクライム・ストーリーに、あえて本格ミステリのマインドを埋め込むことで、クラシックな「倒叙ミステリ」ではない新時代の「倒叙ミステリ」が生まれる可能性——。そんな彼らの気づきが、「刑事コロンボ」の誕生を育んだのではないか——。
　EQMMのデビュー作がオーソドックスな謎解きミステリだったら、その後のレヴィンソン&リンクは単なる「本格ミステリ作家」で終わっていたかもしれない。もっと言えば——「刑事コロンボ」は生まれなかったのかもしれないのだ。

4　本書の収録作品について

（ご注意ください！　これから先は、作品の内容やオチ等に触れます。先に本編をお読みになることをお薦めします）

　本書は、レヴィンソン&リンクの初期作を十篇セレクトした日本オリジナルの短篇集である。以下、収録作品を個別にみていこう。

「口笛吹いて働こう」 Whistle While You Work（初出は米国版 Ellery Queen's

Mystery Magazine 一九五四年十一月号。本邦初訳）

二人の商業雑誌デビュー作。田舎町の連続殺人を背景に、口やかましい妻に蔑まれながら、鬱屈した日々を過ごす郵便配達夫の心理を描くクライム・ストーリーだ。

原題の "Whistle While You Work" は、ディズニーの長篇アニメーション映画『白雪姫』（一九三七）に登場する、小人が部屋を掃除する際の歌「口笛吹いて働こう」と同じタイトル。つまり今回「掃除」されるのは――！

当時レヴィンソン&リンクはペンシルバニア大学に入学したばかりで、ともに二十歳だった。無名の新人作品が、アガサ・クリスティーやE・S・ガードナーの名作短篇と一緒に掲載されたのだ。二人の歓びは想像に難くない。編集長のエラリー・クイーンは、二人の優れた才能をすでに見抜いていたのだろう。

「子どもの戯れ」 Child's Play（初出は米国版 Alfred Hitchcock's Mystery Magazine 一九五九年一月号。邦訳は『ミステリマガジン』二〇一一年十一月号）

大学を卒業し、兵役を終えたレヴィンソン&リンクは、一九五八年から精力的に創作活動を始める。商業誌デビュー二作目の「子どもの戯れ」の掲載誌は、ＥＱＭＭではなく「ヒッチコック・マガジン」。以降、同誌が主な活躍の場となる。

舞台は夏のキャンプ場。主人公の少年は集団生活が苦手で協調性がない。早く家に帰りたいのだが、親との関係も微妙だ。そんな彼が犯した罪とは——？　頼るものが無い少年の寂寞たる心情がやるせない。
主人公が銃の訓練を嫌がる点は、後年のレヴィンソン&リンク作品でしばしば取り上げられる銃社会批判にも通じる要素であろう。

「夢で殺しましょう」 Shooting Script（初出はAlfred Hitchcock's Mystery Magazine一九五九年四月号。本邦初訳）
テレビ業界が舞台の犯罪小説。主人公のＴＶディレクターは、性格劣悪のタレントに翻弄され、仕事にも煮詰まり、謎の悪夢に悩まされていた。現実と夢が交錯するなかで、やがて彼は苦い結末に直面する。
業界人のレヴィンソン&リンクも、いやな芸能人や悩めるＴＶスタッフに、数多く出会ってきたのであろう。光と翳が隣り合わせの芸能界の真実を、ビビッドに描いた苦い佳作といえる。
原題はShooting Script。通常shooting scriptといえば、映像用語で「撮影台本」のことだが、shootには「銃を撃つ」の意味もあるので、洒落たダブル・ミーニングになっている。しかも邦題「夢で殺しましょう」は、NHKでかつて放送された音楽バラエティー番組「夢であいましょう」（一九六一～一九六六）のもじりですね。

「強盗／強盗／強盗」 Robbery, Robbery, Robbery（初出はAlfred Hitchcock's Mystery Magazine 一九五九年八月号。邦訳は「ミステリマガジン」二〇一一年十一月号）

盗まれる者と盗む者の対決。そして皮肉な結末を描くクライム・ストーリー。コロンボっぽい、イタリア系とおぼしき警部ピッサーノが登場するのも読みどころ。

フランスの映画監督ジュリアン・デュヴィヴィエによるオムニバス映画『フランス式十戒』（一九六二）の第六話「盗むなかれ」として映像化されている。ご興味がある方はぜひご覧ください。

タイトルのRobbery, Robbery, Robberyは、英国の詩人アルフレッド・テニスンの有名な詩「砕け、砕け、砕け散れ（Break,Break,Break）」のもじりかな？

「ある寒い冬の日に」 One Bad Winter Day（初出はAlfred Hitchcock's Mystery Magazine 一九五九年九月号。邦訳は「ミステリマガジン」一九八五年一月号）

雪深い田舎町で、脱獄囚を迎え撃つ初老の保安官と若い部下。迫り来る犯罪者に対する二人の考え方の違いが、異様な緊張感を醸し出す。登場人物のダイアローグにも緊迫感があり、一気呵成に読ませる。ビル・プロンジーニやブライアン・ガーフィールドのB級活劇アクション風の作品だ。

「幽霊の物語」 Ghost Story（初出は Escapade 一九五九年十月号。本邦初訳）

異界のモノと契りを結んだことで大変なことに――という怪異譚はわが国の古典『雨月物語』等でもおなじみだが、断固として自説を曲げないガンコな否定論者を登場させた点がユニーク。ただし、結末はお決まり。

初出の Escapade はアメリカのアダルト向けの男性雑誌。ピンナップ・ガールや色っぽい短篇を掲載したことで知られる。TVドラマのシナリオを執筆する一方で、こんな怪談コントも書いていたのだ。

「ジョーン・クラブ」 The Joan Club（初出は Playboy 一九五九年十一月号。邦訳は「ミステリマガジン」一九七六年十二月号）

男性向きのアダルト誌「プレイボーイ」に発表された「ユーモア・スケッチ」風の

掌篇。逆転オチだが、ユーモア&ナンセンス作品の収集と名訳で知られる故・浅倉久志氏の訳業を、併せてお楽しみいただきたい。

「愛しい死体」 Dear Corpus Delicti（初出はAlfred Hitchcock's Mystery Magazine一九六〇年三月号。邦訳は「ミステリマガジン」二〇一一年十一月号）

「愛しい死体」は、「刑事コロンボ」誕生の端緒となった重要な作品である。主人公チャールズは、愛人スーと組んで、妻殺しの完全犯罪を目論む。しかし、殺した妻を生きているように偽装するトリックが、想定外の事態で破綻。ニューヨーク四十五分署のフィッシャー警部補の前で、チャールズは慄然と立ちすくむ。

犯罪者の目線で事件を描くのは、彼らがそれまでに書いた短篇と同じである。しかし、練った犯罪計画が意外性をもって瓦解するくだりが知的興奮を誘うという意味で、クライム・ストーリーでありながら、同時に立派な「倒叙ミステリ」である。

この短篇の発表直後、レヴィンソン&リンクは、これを原案とする一時間のTVドラマ **"Enough Rope"**（ゆるいロープ）の脚本を執筆する。小説が出て四か月後の七月、アメリカABCテレビの生放送枠「チェヴィ・ミステリー・ショウ」で、いち早くOAされた。

英語のことわざに　Give a thief enough rope and he'll hang himself（泥棒は勝手にさせておけば、身を滅ぼす）というのがあって、犯罪者の自業自得を示すフレーズなのだが、“Enough Rope”というタイトルには、そんな皮肉めいたニュアンスも込められているのだろう。

“Enough Rope”にはフィッシャー警部補ではなく、コロンボという名の刑事が登場し、葉巻をふかしながら、しつこく捜査を進める。「愛しい死体」では描かれなかった犯人との対峙も、丁寧に構成されている。

そして一九六二年、レヴィンソン&リンクは“Enough Rope”をさらに発展させて、戯曲“Prescription: Murder”（殺人処方箋）を発表。二時間超の芝居に膨らませることで、物語に深みが生まれ、コロンボと犯人との対決も劇的になった。さらに一九六八年、この戯曲を原作に、TVムービー『殺人処方箋』が制作され、コロンボ役を俳優ピーター・フォークが熱演。番組は大成功を収めた。

一九七〇年代に「コロンボ」がシリーズ物として企画された際は、レヴィンソン&リンクは原案者・脚本家という立場に加えて、現場プロデューサーも務めている。このように「刑事コロンボ」が歴史に残る人気番組に育ったのは、レヴィンソン&リンクが長年手塩にかけてきたからなのだ。

ちなみに原題のCorpus Delictiはラテン語で「犯罪の対象」が原義で、そこから「罪体」「死体」の意味となる。そこに「愛しい」という意のDearが加わって、「愛しい死体」。なんとも意味深長なタイトルだが、噛みしめるほどにジワリとコワさが広がってくる。

「ジェシカって誰?」Who is Jessica?(初出はAlfred Hitchcock's Mystery Magazine一九六〇年八月号。本邦初訳)
夫の寝言「ジェシカ……」に、妻は夫の浮気を疑う。調査を進めた結果、妻は「ジェシカ」の意味を知るが――。ヒッチコック監督の映画『断崖』(一九四一)を思わせるサスペンス・スリラーだ。
レヴィンソン&リンクはジェシカという名前にこだわりがあるらしく、傑作TVムービー『殺しのリハーサル』で謀殺される被害者の名もジェシカである。また、彼らがプロデュースしたTVシリーズには「ジェシカおばさんの事件簿」もある。

「最後の台詞」Exit Line(初出はAlfred Hitchcock's Mystery Magazine一九六二年六月号。本邦初訳)

辛口な演劇評論家と芝居を酷評された役者の、死を賭けた対決。ありがちな物語ながら、この短篇を読んで、僕は「うーん」と考えてしまった。「そもそも批評とは何なのだろう?」と。

実作者であるレヴィンソン&リンク自身も、きっと二人で、「ああでもない、こうでもない」と議論を闘わせて、小説やシナリオを書いたのだろう。作り手としての想いと、批評家としての解析力がぶつかり合って、作品は完成する。

そして作品が世に出てからも、出来の善し悪しをめぐって、容赦のない議論が再び起きる。ああ、終わりなき衝突!

この短篇は、そんな相克に対して、レヴィンソン&リンクが想いの丈をぶつけた「魂の叫び」なのかもしれない。表面的には緊迫の犯罪ドラマだが、行間からは本質的かつ哲学的な問いが浮かび上がってくる。

ラストは唐突に訪れる。が、しかし、正解がない対決とはいえ、物語には幕引きが必要だ。だから僕は多少強引ではあるけれど、この結末でいいと思う。

ちなみに、作中で評論家が酷評する芝居のタイトルが「イナフ・ロープ」。これは「愛しい死体」の解題の中でご紹介した、レヴィンソン&リンクが一九六〇年に手がけたテレビドラマのタイトルと同じである。さりげない作者の遊び心であろう。

以上が今回収録された十篇に関する、好事家のためのノートだ。

どれも短い作品だが、ヒネリやオチが効いており、TVドラマ「ヒッチコック劇場」を観ているような気分になってくる。

雑誌メディアの読み切り短篇というスタイルの中で、若き日のレヴィンソン&リンクは、様々なシチュエーションのクライム・ストーリーを書きながら、自分たちの個性を育んでいたのだろう。

でも、せめて——彼らが幼い頃から好きだった本格ミステリ風の作品を、もう少しだけ書いていてくれていたらよかったのに、と思わざるを得ない。しかしそれは、無いものねだりというものだ。

5 その後のレヴィンソン&リンク

一九六〇年代の半ば以降、彼らは映像メディアの仕事が増えたこともあり、短篇小説を発表しなくなった。ただし小説を書かなくなった訳ではなく、一九七二年には書き下ろしの長篇小説“Fineman”（Laddin Press刊・未訳）を上梓した。

これは、前の妻とはユダヤ教の信者として、後妻とはキリスト教信者として、二つの宗教的な立場で生きた男ジョー・ファインマンの死をめぐる騒動を、幼い頃からの親友で弁護士の目を通して描く普通小説。残念ながらミステリではない。しかし、彼らの単発TVムービーと同じように、残された遺族と周辺の人々との複雑な心情が丹念に活写されていて、渋いヒューマン・ドラマに仕上がっていた。

また、一九八五年には第二長篇"The Playhouse"（Chapter Books刊・未訳）を発表した。「プレイハウス」と称する館を舞台に、初老の男マクグレーガーと子供たちとの謎めいた共同生活を描く。背表紙には「ホラー」と記されており、表紙には「V・C・アンドリュースのゴシック・ロマンス『屋根裏部屋の花たち』の恐怖の系譜がここに」と宣伝文が記されている。しかしこれは喧伝というものだろう。確かにまったりとした展開するゴシック風ホームドラマなのだが、ラストまで総じてメリハリがなく、怖さも感じられない。レヴィンソン&リンクらしい奇妙な人々の物語ではあるのだが……。

この他にもレヴィンソン&リンクには、彼らが関わったドラマ制作現場の現状と裏話を論じたノンフィクション"Stay Tuned"（チャンネルはそのままで）（St Martin's刊・未訳）、テレビ界で活躍する著名な俳優やスタッフとの対話をまとめたインタビュー集"Off Camera"（カメラを離れて）（New American Library刊・未訳）といった小説以外の単行本が二冊刊行されている。どちらも専門的な内容ながら、映像世界への想いやシナリオ作法等が明かされていて、貴重なテレビ史の資料といえよう。

しかし、一九八七年。相棒レヴィンソンが心臓麻痺で逝去する。享年五二。若すぎる死であった。

二人の共同作業は突如終わりを迎えた。残されたリンクは、その後しばらく単独で脚本を執筆し、プロデュース業をこなしていたが、仕事量は明らかに減った。

ところが――それで終わりではなかったのだ。

レヴィンソンの死から約十年が過ぎた一九九〇年代の後半。リンクは単独で再び創作活動に力を注ぐようになる。

雑誌「ＥＱＭＭ」や「ヒッチコック・マガジン」に短篇を次々に執筆。また、ライターズ・ブロックの小説家がゴーストライターの美女を雇ったことで奇怪な殺人に巻き込まれるという戯曲“Murder Plot”を発表した。そして二〇〇七年には、ラッパーを撃ち殺した音楽プロデューサーとコロンボの対決を描いた戯曲“Columbo Takes the Rap”（コロンボ罪をかぶる）も発表する。なんと、コロンボの新作！　ともに舞台作品なので容易に鑑賞することは叶わないけれど、リンクの創作活動が復活したことは、とてもうれしかった。

リンクの執筆は続いた。二〇一〇年、今度はなんと、コロンボが活躍する短篇ミステリを書き下ろして、作品集『刑事コロンボ 13の事件簿〜黒衣のリハーサル』を上梓したのだ（町田暁雄訳・論創社刊）。短篇ミステリの良さを生かした切れ味抜群の作品集で、コロンボと名犯人との対決が十三回も楽しめる。往年のTVシリーズを楽しんだ方ならば、絶対に満足できる会心の作である。

先ほど私はこう書いた。「せめて——本格ミステリ風の作品を、もう少しだけ書いてくれていたらよかったのに」と。だが、この短篇集に出会えたことで、その願いをかなえることができたのだ。

“Murder Plot”といい、『刑事コロンボ 13の事件簿』といい、稚気を忘れない老獪な筆致がここにある。レヴィンソンは加わっていないけれども、かつての二人が望んだであろう理想の「本格&倒叙ミステリ」の姿を、私たちは味わえるのだ。もし未読の方がいたら、本書を読み終えた次に、ぜひ手に取っていただきたい。

そして、昨年。二〇二〇年十二月。ウィリアム・リンクは逝去した。享年八七。

今はもうレヴィンソン&リンクはこの世にはいない。けれども彼らは、映像と活字の世界を股にかけて、様々な作品を残してくれた。私たちはこれからも、彼らの作品を繰り返し味わうだろうし、何度も読むだろう。その心地よい手応えは、永遠に消えることはない。

レヴィンソン&リンク劇場
皮肉な終幕

発行日　2021年9月10日　初版第1刷発行

著　者　リチャード・レヴィンソン&ウィリアム・リンク
訳　者　浅倉久志（あさくら ひさし）、上條ひろみ（かみじょう ひろみ）
川副智子（かわぞえ ともこ）、木村二郎（きむら じろう）
高橋知子（たかはし ともこ）、仁木めぐみ（にき めぐみ）

発行者　久保田榮一
発行所　株式会社 扶桑社
〒105-8070
東京都港区芝浦1-1-1　浜松町ビルディング
電話　03-6368-8870(編集)
03-6368-8891(郵便室)
www.fusosha.co.jp

印刷・製本　図書印刷株式会社

Printed in Japan
ISBN 978-4-594-08855-2　C0197